Paulo Coelho

Demon
i panna Prym

Paulo Coelho

Demon
i panna Prym

przełożyły
Basia Stępień
Grażyna Misiorowska

tytuł oryginału
O Demônio e a Senhorita Prym

koncepcja graficzna
Michał Batory

zdjęcie Autora
Basia Stępień

redakcja i korekta
Maria Rawska

przygotowanie do druku
PRESSENTER

wydawca dedykuje tę książkę
tym, którzy są choć odrobinę bardziej
wyrozumiali dla świata, niż dla siebie samych

Drzewo Babel
ul. Litewska 10/11 • 00-581 Warszawa
drzewobabel@qdnet.pl
www.drzewobabel.pl

ISBN 83-917239-4-1

Ktoś znakomitszy
zwrócił się do niego zapytaniem:
„Nauczycielu dobry, co mam czynić,
aby osiągnąć życie wieczne?"
Jezus mu odpowiedział:
„Czemu nazywasz Mnie dobrym?
Nikt nie jest dobry, tylko sam Bóg".

Łukasz: 18, 18-19

Od Autora

Pierwsza opowieść o Podziale powstała w starożytnej Persji. Bóg czasu, stworzywszy wszechświat, był świadom jego harmonii, lecz zabrakło mu w niej czegoś niebywale ważnego – towarzysza, z którym mógłby cieszyć się całym tym pięknem.

Przez tysiąc lat modlił się o potomka. Opowieść nie objaśnia, do kogo kierował swe modły, jako że był wszechmocny, jedyny i najwyższy, jednakże modlił się tak długo i tak żarliwie, że w końcu stał się brzemienny.

Gdy zdał sobie sprawę, że jego modlitwy zostały wysłuchane, przeraził się. Wiedział bowiem, iż równowaga kosmosu jest bardzo chwiejna. Było już jednak za późno – dziecko zostało poczęte. Zdołał jedynie sprawić, by dziecię w jego łonie podzieliło się na dwoje.

Legenda głosi, iż z modłów boga czasu zrodziło się Dobro, Ormuzd, a z jego wyrzutów sumienia

Zło, Aryman – bracia bliźniacy.

Zaniepokojony, przygotował wszystko tak, by Ormuzd pierwszy opuścił jego łono i mógł dopilnować, by Aryman nie wywołał zamętu we wszechświecie. Jednak Zło było sprytne i przebiegłe. Udało mu się odepchnąć Ormuzda w czasie porodu i pierwsze ujrzało światło gwiazd.

Niepocieszony bóg czasu postanowił dać Ormuzdowi sprzymierzeńców i stworzył ludzki ród, który miał walczyć u jego boku, aby pokonać Arymana i uniemożliwić mu panowanie nad światem.

Według perskiej legendy ludzie są sprzymierzeńcami Dobra i w myśl tradycji mają w końcu zwyciężyć. Natomiast inna opowieść o Podziale w zgoła odmiennej wersji, pojawiła się wiele wieków później – człowiek stał się w niej narzędziem Zła.

Sądzę, że większość czytelników wie, co mam na myśli: mężczyzna i kobieta żyli w rajskim ogrodzie, rozkoszując się wszystkimi wspaniałościami, jakie tylko można sobie wymarzyć. Istniał tam jeden tylko zakaz – nie wolno im było poznać, co to Dobro i Zło. Pan Wszechwładny mówił im (Gn: 2,17): *z drzewa poznania dobra i zła nie wolno ci jeść.*

Lecz pewnego pięknego dnia zjawił się wąż. Zapewniał, iż poznanie ważniejsze jest od samego raju i dlatego powinni je posiąść. Kobieta wzbraniała się, twierdząc, iż Bóg zagroził im śmiercią, lecz wąż uspokoił ją, że wręcz przeciwnie, w dniu, w którym poznają, co to Dobro i Zło, staną się równi Bogu.

Przekonana w ten sposób Ewa zjadła zakazany owoc, a połowę dała Adamowi. Pierwotna harmonia raju została wówczas zniweczona, a kobieta i mężczyzna wygnani i przeklęci. Jednak Bóg wypowiada wtedy niejasne i tajemnicze zdanie, którym zdaje się przyznawać rację wężowi: *Oto człowiek stał się taki jak My: zna dobro i zło.* Podobnie jak staroperski mit nie wyjaśnia, do kogo modli się bóg czasu, który przecież jest panem wszechwładnym – Biblia też nie mówi do kogo wypowiada te słowa jedyny Bóg, ani dlaczego, skoro jest jedyny, używa sformułowania: *taki jak My.*

Jakby nie było, od zarania swych dziejów człowiek jest skazany na życie w odwiecznym Podziale na Dobro i Zło. My, ludzie współcześni, żywimy te same wątpliwości, co nasi przodkowie. Chciałem to pokazać w mojej książce, dlatego tu i ówdzie na jej kartach pojawią się legendy i baśnie powtarzane od pokoleń w różnych zakątkach ziemi.

Książką *Demon i panna Prym* zamykam trylogię „Zaś siódmego dnia...", w skład której wchodzą jeszcze *Na brzegu rzeki Piedry usiadłam i płakałam* [wyd. polskie 1996] oraz *Weronika postanawia umrzeć* [wyd. polskie 2000]. Te trzy książki opowiadają o tygodniu z życia zwykłych śmiertelników, którzy nagle stają twarzą w twarz z miłością, śmiercią i władzą. Zawsze byłem zdania, że głębokie przemiany czy to jednego człowieka, czy całych społeczeństw, dokonują się w bardzo krótkim czasie. Wtedy, gdy najmniej się tego spodziewamy, życie stawia przed nami wyzwania, by poddać próbie naszą odwagę i pragnienie zmiany. W takich chwilach udawanie, że nic się nie stało, czy usprawiedliwianie, że jeszcze nie jesteśmy gotowi, na niewiele się zda.

Wyzwanie nie czeka. Życie nie ogląda się za siebie. Tydzień to aż nadto, by zdecydować, czy godzimy się na nasz los, czy nie.

Buenos Aires, sierpień 2000

Od niemal piętnastu lat stara Berta przesiadywała dzień w dzień na progu swojego domu. Mieszkańcy Viscos wiedzieli, że tak zazwyczaj zachowują się starzy ludzie: bez końca rozpamiętują przeszłość i czasy młodości, przyglądają się światu, z którym powoli zaczynają się żegnać, i szukają pretekstu do rozmów z sąsiadami.

Jednak Berta miała powód, dla którego tu była. Jej przesiadywanie miało się dziś zakończyć wraz z nadejściem nieznajomego, który wspinał się właśnie po stromym zboczu, w kierunku jedynego hotelu w mieście. Nie wyglądał wcale tak, jak go sobie zwykła wyobrażać. Miał znoszone ubranie, za długie włosy i kilkudniowy zarost na twarzy.

Przybyszowi towarzyszył cień: był nim demon.

„Mój mąż ma rację – powiedziała do siebie. – Gdyby mnie tu nie było, nikt by tego nie zauważył".

Nigdy nie potrafiła ocenić czyjegoś wieku. Uznała, że ma jakieś pięćdziesiąt parę lat. „To jeszcze młody człowiek" – pomyślała w sposób zrozumiały jedynie dla ludzi w podeszłym wieku. Zastanawiała się, jak długo zostanie w ich miasteczku: chyba krótko, bo plecak miał niewielki. Prawdopodobnie zatrzyma się tylko na jedną noc i ruszy dalej ku swojemu przeznaczeniu, którego nie znała i które niewiele ją obchodziło. Uznała jednak, że lata spędzone na progu domu nie są stracone, bo wyczekując przybysza nauczyła się doceniać piękno okolicznych gór – przedtem nie zwracała na nie uwagi: urodziła się tu i przywykła do tego, co ją otacza.

Jak się należało spodziewać, przybysz wszedł do jedynego hotelu w mieście. Przez chwilę Berta zastanawiała się, czy powiedzieć księdzu o niepożądanym gościu, ale i tak nie dałby wiary jej słowom. Powiedziałby, że jest już stara i ma przywidzenia.

No cóż, teraz pozostawało tylko czekać na to, co się wydarzy. Szatanowi nie trzeba wiele czasu, by zasiać spustoszenie – tak samo jak burzom, huraganom czy lawinom, które w kilka sekund wyrywają z korzeniami drzewa zasadzone przed dwustu laty. Nagle zdała sobie sprawę, że to, iż Zło zawitało do Viscos, niczego nie musiało zmienić. Demony wciąż przychodzą i odchodzą, nie zawsze odciskając trwałe ślady. Krążą nieustannie po świecie, czasem tylko po to, by popatrzeć, co się dzieje, innym znów razem, by wywieść na pokuszenie jakąś duszyczkę. Są w ciągłym ruchu, zmieniają cel na chybił trafił, bez żadnej logiki, dla samej przyjemności stoczenia bitwy. Zdaniem Berty w Viscos nie było nic, co mogłoby przykuć czyjąś uwagę na dłużej niż jeden dzień, a cóż dopiero wzbudzić zainteresowanie w kimś tak ważnym i tak zajętym jak sam wysłannik ciemności.

Próbowała zająć myśli czymś innym, ale obraz nieznajomego nie dawał jej spokoju. Niebo, dotąd rozświetlone słońcem, naraz zaczęło zasnuwać się chmurami.

„To normalne o tej porze roku – pomyślała. – Zwykły zbieg okoliczności, który nie ma nic wspólnego z nieznajomym".

Wtedy usłyszała jak przez niebo przetoczył się grzmot, a po nim trzy następne. To mogło znaczyć, że nadciągnie ulewa, lecz jeśli wierzyć tutejszym przesądom, mogła to również być skarga Boga rozgniewanego na obojętnych na Jego obecność ludzi.

„Może powinnam coś zrobić? W końcu ta chwila, której tak długo oczekiwałam, w końcu nadeszła".

Przez czas jakiś obserwowała w skupieniu, co dzieje się wokół. Chmury zbierały się nad miasteczkiem, ale już nie słychać było żadnego odgłosu burzy. Jako, że niegdyś była dobrą katoliczką, nadal nie wierzyła w gusła i zabobony, zwłaszcza te wywodzące się z tradycji Viscos, której korzenie sięgały cywilizacji Celtów, zamieszkujących niegdyś te ziemie.

„Piorun to przecież naturalne zjawisko przyrody. Gdyby Bóg chciał porozumieć się z ludźmi, sięgnąłby po środki bardziej bezpośrednie".

W chwili gdy ta myśl przemknęła jej przez głowę, rozległ się znowu trzask pioruna, tym razem znacznie bliżej. Berta wstała, zabrała krzesło i weszła do domu, zanim spadły pierwsze krople deszczu. Teraz jednak jej serce przeszył lęk, którego nie umiała sobie wytłumaczyć.

„Co tu począć?".

Zapragnęła, by nieznajomy natychmiast stąd odszedł. Za stara już była, by pomóc sobie samej, całemu miastu czy – tym bardziej – Wszechmocnemu, który przecież wybrałby sobie kogoś młodszego, gdyby potrzebował wsparcia. Wszystko to było jakimś urojeniem. Pewnie mąż z z nudów wymyśla, czym mogłaby jakoś zabić czas.

Ale to, że widziała demona, co do tego nie miała najmniejszej wątpliwości. Demona z krwi i kości, w przebraniu pielgrzyma.

W hotelu był sklep z regionalnymi specjałami, restauracja serwująca miejscowe dania oraz bar, gdzie spotykali się mieszkańcy Viscos, by wymieniać poglądy na nieśmiertelne tematy, takie jak pogoda czy obojętność młodych na to, co dzieje się w ich rodzinnej miejscowości. „Dziewięć miesięcy zimy i trzy miesiące piekła", jak zwykli byli mawiać, gdyż w ciągu niespełna dziewięćdziesięciu dni musieli wykonać całą pracę na roli: zaorać ziemię, zasiać ziarno, poczekać, aż wzejdzie, zebrać plon, zwieźć siano, użyźnić glebę i na dodatek ostrzyc owce.

Wszyscy mieszkańcy Viscos mieli świadomość, że z daremnym uporem czepiają się życia w świecie, który tak naprawdę już przeminął. Trudno im było pogodzić się z faktem, że są ostatnim pokoleniem rolników i pasterzy, od wieków zamieszkujących okoliczne tereny. Wcześniej czy później zjawią się tu maszyny, zwierzęta będzie się hodować gdzieś daleko stąd, karmiąc je specjalną paszą, miasto zostanie sprzedane wielkiej zagranicznej firmie, która pewnie przerobi je na narciarski kurort.

Stało się tak z innymi okolicznymi miejscowościami, ale Viscos stawiało zacięty opór, spłacało bowiem dług wobec swej przeszłości, wobec silnej tradycji przodków, którzy niegdyś tu mieszkali i wyznawali zasadę, że trzeba walczyć do końca.

Nieznajomy przeczytał uważnie formularz hotelowy, zastanawiając się, jak go wypełnić. Wiedział, że jego akcent może zdradzić, iż pochodzi z Ameryki Południowej, więc zdecydował się na Argentynę, bo był kibicem reprezentacji piłkarskiej tego kraju. W rubryce „adres" wpisał ulicę Colombia, bo znał skłonność mieszkańców Ameryki Południowej do oddawania sobie nawzajem hołdów, nadając ważnym miejscom nazwy z sąsiednich krajów. Nazwisko sławnego w minionym wieku terrorysty podał jako swoje własne.

W ciągu niespełna dwóch godzin każdy z dwustu osiemdziesięciu jeden mieszkańców Viscos dowiedział się, że przybył do nich Carlos, urodzony w Argentynie, zamieszkały w Buenos Aires przy zacisznej uliczce Colombia. Małe miasteczka mają to do siebie, że nie trzeba nadto się wysilać, by wszyscy w okamgnieniu poznali czyjeś życie osobiste ze szczegółami.

A o to właśnie chodziło przybyszowi.

Wszedł po schodach do swojego pokoju i wyjął z plecaka całą zawartość. Miał trochę ubrań, maszynkę do golenia, dodatkową parę butów, witaminy, aspirynę, gruby zeszyt, w którym prowadził notatki, i jedenaście sztabek złota, po dwa kilogramy każda. Wyczerpany napięciem i długą wspinaczką zasnął niemal natychmiast, zastawiwszy jednak uprzednio drzwi krzesłem, mimo iż dobrze wiedział, że może zaufać każdemu z dwustu osiemdziesięciu jeden mieszkańców Viscos.

Następnego ranka zjadł śniadanie, zostawił w recepcji rzeczy do prania, zapakował z powrotem do plecaka sztabki złota i ruszył w kierunku górskich szczytów. Po drodze zobaczył jedynie siedzącą przed domem i przyglądającą mu się z zaciekawieniem staruszkę.

Zagłębił się w las. Po jakimś czasie przywykł do bzyczenia owadów, świergotu ptaków i szumu wiatru smagającego bezlistne gałęzie drzew. Wiedział, że w miejscu takim jak to mógł być obserwowany z ukrycia, dlatego przez niemal godzinę nie robił nic.

Kiedy nabrał pewności, że każdy, kto próbowałby go podglądać, musiał się już znudzić i odejść, tracąc nadzieję na sensację, przybysz wykopał dół w ziemi w pobliżu skał przypominających kształtem literę Y i tam schował jedną ze sztabek złota. Wspiął się wyżej. Na kolejną godzinę zastygł w głębokiej medytacji, podziwiając przyrodę. Potem wybrał skałę przypominającą orła i wykopał tam dołek, w którym ukrył pozostałe dziesięć sztabek.

Pierwszą osobą, jaką spotkał w drodze powrotnej, była młoda dziewczyna. Siedziała na brzegu strumienia, który utworzyły niezliczone potoczki spływające z lodowców, i czytała książkę. Podniosła wzrok na wędrowca i zaraz wróciła do lektury.

Z całą pewnością matka uczyła ją, by nie rozmawiać z nieznajomymi. Jednak nieznajomi przybywający w nowe miejsce mają prawo zjednywać sobie jego mieszkańców, dlatego obcy zbliżył się do dziewczyny.

– Dzień dobry – odezwał się. – Jest bardzo ciepło jak na tę porę roku.

Przytaknęła.

– Chciałbym coś pani pokazać – nie dawał za wygraną nieznajomy.

Dziewczyna, jak przystało na dobrze wychowaną panienkę, odłożyła książkę, wyciągnęła rękę i przedstawiła się:

– Jestem Chantal. Wieczorami pracuję w barze w hotelu, w którym się pan zatrzymał, i zdziwiło mnie, dlaczego wczoraj nie zszedł pan na kolację. Nazywa się pan Carlos, pochodzi z Argentyny i mieszka przy ulicy Colombia – w całym Viscos już o tym głośno, bo każdy, kto przyjeżdża tutaj poza sezonem łowieckim, zawsze budzi powszechną ciekawość. Ma pan pięćdziesiąt lat, siwiejące włosy i spojrzenie człowieka, który wiele przeżył. Jeśli chce mi pan coś pokazać, to z góry dziękuję, bo znam te okolice jak własną kieszeń. To raczej ja mogłabym pokazać panu miejsca, których nigdy pan nie widział, ale z pewnością jest pan bardzo zajęty.

– Mam pięćdziesiąt dwa lata, nie nazywam się Carlos a w formularzu hotelowym podałem tylko fałszywe dane.

Chantal była zbita z tropu. Nieznajomy ciągnął dalej:

– Nie mam wcale zamiaru pokazywać pani Viscos, lecz coś, czego pani nigdy dotąd nie widziała.

Chantal znała historie dziewcząt, które poszły z nieznajomymi do lasu i wszelki ślad po nich zaginął. W pierwszej chwili ogarnął ją strach, lecz zaraz jego miejsce zajęła tęsknota za przygodą. Ten mężczyzna nie odważy się zrobić jej krzywdy. Przecież dopiero co powiedziała mu, że wszyscy już o nim wiedzą, niezależnie czy dane, które podał w hotelu, są zgodne z rzeczywistością, czy nie.

– Kim pan jest? – zapytała. – Czy zdaje pan sobie sprawę, że jeśli prawdą jest to, co pan mówi, to mogę na pana donieść na policję za fałszowanie danych osobowych?

– Obiecuję, że odpowiem na wszystkie pytania, ale najpierw proszę pójść ze mną. To zaledwie pięć minut drogi stąd.

Chantal zamknęła książkę, westchnęła głęboko i pomodliła się w duchu, czując, jak jej serce ogarnia na przemian strach i podniecenie. Poszła za nieznajomym, pewna, że będzie to jeszcze jedno rozczarowanie w jej życiu obfitującym w spotkania, które na pierwszy rzut oka wydają się pełne obietnic, ale w końcu okazują się tylko niespełnionym snem o miłości.

Mężczyzna podszedł do skał w kształcie litery Y, wskazał świeżo wzruszoną ziemię i poprosił dziewczynę, by zaczęła kopać.

– Pobrudzę sobie ręce – powiedziała. – I ubranie.

Odłamał jakąś gałąź i podał dziewczynie. Zdziwiło ją jego zachowanie, ale postanowiła spełnić prośbę.

Pięć minut później ukazała się przed nią żółtawa, zabrudzona sztabka metalu.

– Wygląda na złoto – powiedziała Chantal.

– Bo to jest złoto. Moje złoto. Proszę zasypać je ziemią.

Posłuchała. Nieznajomy zaprowadził ją do następnej kryjówki. Znów zaczęła kopać. Ku swemu zdumieniu odkryła wiele żółtych sztabek.

– To też jest złoto i też jest moje – rzekł mężczyzna.

Chantal już chciała ponownie je zakopać, lecz poprosił, by tego nie robiła. Usiadł na pobliskim kamieniu i zapalił cygaro. Obojętnie popatrzył na horyzont.

– Dlaczego mi pan to pokazał?

Nie odezwał się ani słowem.

– Kim pan jest, u licha? I co pan tutaj robi? Dlaczego mi pan to pokazał? Przecież mogę powiedzieć wszystkim, co pan tu ukrył!

– Ileż pytań naraz! – westchnął nieznajomy, wpatrując się w góry, jakby zapomniał o obecności dziewczyny. – Właśnie o to mi chodzi, żeby dowiedzieli się o tym inni.

– Obiecał mi pan odpowiedzieć na każde pytanie.

– Niech pani nie wierzy w obietnice. Świat jest ich pełen. Obietnic bogactwa, zbawienia, wiecznej miłości. Niektórzy sądzą, że mogą wszystko obiecać, inni zaś na to przystają, bo łudzą się, że zapewni im to lepszą przyszłość – tak chyba dzieje się w pani przypadku. Ci, którzy łamią obietnice, czują się bezsilni i sfrustrowani. To samo dzieje się z tymi, którzy gorączkowo chwytają się cudzych obietnic.

Rozgadał się, opowiadał chaotycznie o swoim życiu, o pewnej nocy, która odmieniła całkowicie jego los, o kłamstwach, w które musiał wierzyć, bo inaczej nie sposób było pogodzić się z rzeczywistością. Wiedział, że powinien wyrażać się prościej, mówić językiem bardziej zrozumiałym dla dziewczyny. Jednak Chantal w lot pojęła, o co chodzi. Jak wszyscy starsi mężczyźni, chciał tylko uwieść młodą dziewczynę. Jak każdy człowiek, uważał, że za pieniądze można kupić wszystko. Jak wszyscy przybysze, pewien był, że dziewczęta z prowincji są wystarczająco naiwne, by przyjąć każdą propozycję, byle dawała im bodaj cień szansy na wyrwanie się w świat.

Nie był niestety ani pierwszym, ani ostatnim, który próbował ją omamić w tak pospolity sposób. Niepokoiło ją tylko złoto, jakie jej proponował. Nigdy nie sądziła, że jest aż tyle warta. Pochlebiało jej to, ale jednocześnie przerażało.

– Zbyt wiele doświadczyłam, aby wierzyć obietnicom – odpowiedziała, by zyskać na czasie.

– Choć zawsze w nie pani wierzyła i nadal wierzy.

– Myli się pan. Wiem, że żyję w raju. Znam Biblię i nie popełnię tego samego błędu, co Ewa, która nie potrafiła zadowolić się tym, co miała.

Oczywiście nie była to prawda i Chantal zaczęła się obawiać, że obcy zniechęci się i odejdzie. Prawdę powiedziawszy, sama sprowokowała to spotkanie w lesie, wybierając sobie na czytanie książki miejsce, obok którego nieznajomy – czy tego chciał, czy nie – musiał przejść w drodze powrotnej i zagaić rozmowę. Mogło to oznaczać nową obietnicę, kilka dni marzeń o nowej miłości i o podróży w nieznane, daleko od miejsca, w którym się urodziła. Jej serce zostało już wielekroć zranione, a mimo to wciąż wierzyła, że spotka mężczyznę swojego życia. Na początku przepuszczała wiele okazji, uważając, że to jeszcze nie ten. Dzisiaj wiedziała już, że czas ucieka nieubłaganie, i gotowa była opuścić Viscos z pierwszym lepszym, który zechce ją stąd zabrać, nawet gdyby nic do niego nie czuła. Z pewnością nauczy się go kochać, bo miłość to też tylko kwestia czasu.

– To właśnie chciałbym wiedzieć: czy żyjemy w raju, czy w piekle? – przerwał jej rozmyślania nieznajomy.

Wszystko przebiegało zgodnie z jej przewidywaniami – obcy wpadał w sidła.

– W raju oczywiście. Tyle że jeśli ktoś zbyt długo żyje w miejscu doskonałym, zaczyna się nudzić.

Rzuciła przynętę. Chciała przez to powiedzieć: „Jestem wolna i gotowa". Następne jego pytanie powinno brzmieć: „Tak jak pani?".

– Tak jak pani? – spytał nieznajomy.

Musiała być czujna i nie okazywać zanadto zainteresowania, bo mogłaby go wystraszyć. Kto ma wielkie pragnienie, nie powinien pić zachłannie.

– Czy ja wiem? Czasami myślę, że tak, innym znów razem, że nie potrafiłabym żyć z dala od Viscos.

Teraz należało udać obojętność.

– No cóż, skoro nie chce mi pan powiedzieć nic o złocie, to podziękuję już za spacer. Wracam nad strumień, do mojej książki.

– Chwileczkę!

Złapał przynętę.

– Oczywiście, wytłumaczę, dlaczego złoto znalazło się wśród tych skał. Po cóż inaczej przyprowadzałbym panią tutaj?

Seks, pieniądze, władza, obietnice... Chantal udała, że spodziewa się jakiegoś zaskakującego wyjaśnienia. Mężczyźni uwielbiają czuć swoją przewagę, nie zdając sobie sprawy, iż w większości przypadków zachowują się w sposób całkowicie przewidywalny.

– Ma pan zapewne wielkie doświadczenie życiowe i wiele może mnie nauczyć.

No właśnie. Należało poluzować żyłkę, rzucić trochę pochlebstw, aby nie wystraszyć ofiary. To jest podstawowa zasada.

– Jednak muszę przyznać, iż ma pan fatalny zwyczaj prawienia morałów na temat obietnic i ludzkiej łatwowierności, zamiast odpowiadać na pytania wprost. Z przyjemnością zostanę, jeśli odpowie mi pan, kim jest i co tutaj robi.

Obcy oderwał wzrok od górskich szczytów i spojrzał na dziewczynę. Od lat spotykał najróżniejszych ludzi i teraz mógł niemal czytać w jej myślach. Z pewnością sądziła, że pokazując to złoto chciał jej zaimponować swoim bogactwem. Tak samo ona – starała się wywrzeć na nim wrażenie swoją młodością i obojętnym chłodem.

– Kim jestem? No cóż, powiedzmy, że człowiekiem, który poszukuje prawdy. Udawało mi się wprawdzie poznać ją w teorii, ale nigdy w praktyce.

– Prawdy jakiego rodzaju?

– Prawdy o ludzkiej naturze. Odkryłem, że jeśli nadarza się sposobność, by ulec pokusie, to niestety jej ulegamy. Każda istota ludzka na ziemi potrafi czynić zło, zależy to tylko od okoliczności.

– Sądzę...

– Nieważne, co pani sądzi ani co sądzę ja, nie obchodzi mnie też, w co chcemy wierzyć. Chodzi o to, czy moja teoria jest słuszna, czy nie. Chce pani wiedzieć, kim jestem? Przemysłowcem, bardzo bogatym i bardzo znanym. Stałem na czele koncernu zatrudniającego tysiące pracowników. Byłem bezwzględny, kiedy było trzeba, i wielkoduszny, gdy uważałem to za konieczne. Przekroczyłem wszelkie możliwe granice rozkoszy i poznania, doznawałem tego, co innym nawet się nie śni. Jestem człowiekiem, który żył w raju, ale zdawało mu się, że jest uwięziony w piekle życia rodzinnego i rutyny, i który piekło całkowitej wolności uznał za raj. Oto kim jestem – człowiekiem, który był i dobry, i zły. Być może, jestem osobą najlepiej przygotowaną do odpowiedzi na pytanie o istotę człowieczeństwa – i właśnie dlatego tu jestem. Wiem, o co mnie teraz pani zapyta.

Chantal poczuła, że traci panowanie nad sytuacją. Musiała natychmiast wziąć się w garść.

– Sądzi pan, że zapytam, dlaczego mi pan pokazał to złoto? Ale tak naprawdę chciałabym wiedzieć, dlaczego bogaty i sławny przemysłowiec przyjeżdża do Viscos w poszukiwaniu odpowiedzi, którą mógłby znaleźć w książkach, na uniwersytetach lub konsultując się z jakimś uczonym.

Nieznajomemu spodobała się bystrość dziewczyny. Był zadowolony z siebie: jak zwykle wybrał właściwą osobę.

– Przyjechałem do Viscos, bo zaświtał mi w głowie pewien pomysł. Dawno temu widziałem w teatrze sztukę autora o nazwisku Dürrenmatt. Zapewne pani go zna...

Była to prowokacja. Ta młoda dziewczyna nigdy oczywiście nie słyszała o Dürrenmatcie, a teraz będzie udawała, że wie, o kogo chodzi, i przyjmie swój nonszalancki ton.

– Niech pan mówi dalej – odpowiedziała, zachowując się dokładnie tak, jak przewidywał.

– Cieszę się, że zna go pani, ale proszę mi pozwolić powiedzieć, o jaką sztukę chodzi – cedził uważnie słowa, tak by cynizm nie przebijał przez nie zbyt mocno, ale by dobitnie zrozumiała, że wie, iż ona kłamie. – Otóż w tej sztuce pewna kobieta zdobywa fortunę i wraca do rodzinnego miasta tylko po to, by poniżyć i zniszczyć mężczyznę, który ją odrzucił, gdy była młoda. Całym jej życiem, małżeństwem, sukcesem finansowym kierowała wyłącznie żądza zemsty na swej pierwszej miłości.

Wtedy postanowiłem pojechać do położonej z dala od świata miejscowości, w której mieszkańcy patrzą na życie z radością i spokojem. Chciałem wystawić ich na próbę i sprawdzić, czy dadzą się nakłonić do złamania jednego z dziesięciu przykazań.

Chantal odwróciła głowę. Wiedziała, że nieznajomy się zorientował, iż nigdy nie słyszała o pisarzu, o którym mówił. Obawiała się, że na dodatek zacznie ją wypytywać o przykazania. Nie była bardzo religijna i nie miała o nich pojęcia.

– W tym miasteczku wszyscy są uczciwi, poczynając od pani – ciągnął nieznajomy. – Pokazałem pani sztabkę złota, która pozwoliłaby pani zdobyć niezależność. Mogłaby pani wyjechać stąd, poznać świat, robić to wszystko, o czym zawsze marzą dziewczęta z prowincji. Ale ta sztabka pozostanie tam, gdzie jest. Pani wie, że ona należy do mnie, lecz mogłaby ją pani sobie przywłaszczyć i złamać przykazanie „Nie kradnij".

Dziewczyna spojrzała na niego niespokojnie.

– Co do dziesięciu pozostałych sztabek – dodał –

to jest ich dość, by każdy z mieszkańców Viscos nie musiał już pracować do końca życia. Nie chciałem, aby je pani na powrót zakopała, bo nie będą tu dłużej leżeć. Zamierzam je przenieść w inne, mnie tylko znane miejsce. Chcę, aby po powrocie powiedziała pani wszystkim, że je pani widziała i że gotów jestem im je dać, pod warunkiem że zrobią coś, co nigdy nie przyszłoby im do głowy.

– Na przykład?

– Nie chodzi o przykład, lecz o coś bardzo konkretnego. Chcę, aby złamali przykazanie „Nie zabijaj".

– Co takiego?! – przeraziła się.

– Dobrze pani usłyszała. Chcę, aby popełnili zbrodnię.

Nieznajomy zauważył, że dziewczyna zesztywniała i gotowa była odejść, nie wysłuchawszy do końca, o co mu chodzi. Musiał więc szybko zdradzić jej swój plan.

– Daję wam tydzień. Jeśli w ciągu siedmiu dni ktoś zostanie tutaj zabity – może to być starzec, z którego już nie ma wiele pożytku, ktoś nieuleczalnie chory lub upośledzony umysłowo, kto tylko przysparza kłopotów innym, zresztą jest mi obojętne, kto padnie ofiarą – złoto stanie się własnością mieszkańców Viscos, a ja udowodnię sobie samemu, że wszyscy jesteśmy źli. Jeśli pani ukradnie sztabkę złota, ale miasteczko oprze się pokusie, albo na odwrót, to uznam, że są na świecie i ludzie dobrzy, i ludzie źli, a to postawi mnie przed poważnym problemem, oznaczać to bowiem będzie, że tę walkę – toczoną na płaszczyźnie duchowej – może wygrać każda ze stron. Czy wierzy pani w Boga, w siły nadprzyrodzone, w walkę między aniołami a demonami?

Chantal milczała i nieznajomy zrozumiał, że zadał pytanie w niewłaściwym momencie. Istniało ryzyko, że dziewczyna odwróci się na pięcie i nie pozwoli mu dokończyć. Dość ironii, trzeba przejść do sedna sprawy.

– Jeśli natomiast opuszczę to miejsce z moimi jedenastoma sztabkami złota, to okaże się, że wszystko, w co pragnąłem wierzyć, jest wierutnym kłamstwem. Nie takiej odpowiedzi poszukuję, ponieważ moje życie byłoby znośniejsze, gdybym to ja miał rację, a świat okazał się zły. Cierpieć będę nadal tak samo, bo to nie ukoi mojego cierpienia, jednak jeśli cierpią wszyscy, ból jest łatwiejszy do zniesienia. Natomiast jeśli tylko niektórzy są skazani na wielkie tragedie, to w dziele Stworzenia tkwi ogromny błąd.

Chantal poczuła łzy pod powiekami, lecz starała się panować nad sobą.

– Dlaczego pan to robi? Dlaczego wybrał pan to miasto?

– Nie chodzi tu wcale o panią ani o miasto. Myślę tylko o sobie. Dzieje jednego człowieka są dziejami wszystkich ludzi. Chcę wiedzieć, czy jesteśmy dobrzy, czy źli. Jeśli jesteśmy dobrzy, to sprawiedliwy i miłujący Bóg odpuści mi moje grzechy. Wybaczy mi, że źle życzyłem moim prześladowcom i w najważniejszych chwilach życia podjąłem błędne decyzje. Wybaczy mi nawet tę propozycję, którą teraz pani składam – bo to On popchnął mnie w krainę cienia.

Jeśli zaś jesteśmy źli, to wszystko jest dozwolone, a ja nigdy nie popełniłem żadnego błędu. Wszyscy jesteśmy z góry skazani, bez względu na to, jak w życiu postępujemy. Nie możemy odkupić naszych win, albowiem zbawienie znajduje się poza zasięgiem myśli i działań człowieka.

Zanim Chantal odeszła, zdążył dodać:

– Może pani odmówić. Wtedy powiem mieszkańcom Viscos, że mimo usilnych próśb nie chciała mi pani pomóc i sam im złożę moją propozycję. Jeśli wówczas zdecydują się kogoś zabić, będzie wielce prawdopodobne, że wybiorą właśnie panią.

Mieszkańcy Viscos szybko przywykli do rytmu dnia przybysza, który budził się wcześnie, zjadał obfite śniadanie i wychodził w góry pomimo śniegu, który zaczął padać już następnego dnia po jego przybyciu i wkrótce zamienił się w szalejącą niemal bez ustanku zamieć. Nigdy nie jadał obiadu, wracał do hotelu po południu, zamykał się w pokoju i zapadał w drzemkę – tak przynajmniej się wszystkim zdawało.

O zmierzchu znów wychodził na spacer, tym razem wokół miasteczka. Do kolacji zawsze zasiadał jako pierwszy, zamawiał najbardziej wyszukane dania, nie dając się zwieść cenie, wybierał najlepsze wina – co niekoniecznie znaczyło najdroższe – wypalał papierosa i szedł do baru, gdzie od pierwszego wieczoru starał się zaprzyjaźnić ze stałymi bywalcami.

Lubił słuchać opowieści o okolicach i ludziach zamieszkujących niegdyś Viscos. Mówiono, że ongiś było to spore miasto, o czym świadczyły ruiny domostw położonych u wylotu trzech istniejących do dziś ulic. Wypytywał o zwyczaje i przesądy, których życie tutejszych ludzi nadal było pełne, o sposoby hodowli i uprawy ziemi.

Sam o sobie opowiadał sprzeczne historie: raz mówił, że był marynarzem, kiedy indziej wspominał wielkie fabryki broni, którymi jakoby kierował, albo czasy kiedy porzucił wszystko i zaszył się w jakimś klasztorze w poszukiwaniu Boga.

Ludzie, wychodząc z baru, zastanawiali się na głos, czy mówił prawdę, czy kłamał. Burmistrz uważał, że człowiek może robić w życiu wiele rzeczy, może być i fabrykantem, i mnichem, chociaż mieszkańcy Viscos sądzili, że ich los był od dziecka przesądzony. Proboszcz zaś uznał, że przybysz to człowiek zagubiony, który przyjechał do Viscos, by odnaleźć samego siebie.

Jedno było pewne dla wszystkich – że nieznajomy pozostanie w miasteczku jedynie przez siedem dni. Właścicielka hotelu słyszała, jak telefonował na stołeczne lotnisko, aby potwierdzić swój lot, o dziwo do Afryki, a nie do Ameryki Południowej. Zaraz po tej rozmowie wyjął z kieszeni plik banknotów, chcąc uregulować z góry rachunek za pokój, chociaż właścicielka zapewniała, że ma do niego zaufanie. Skoro jednak nalegał, zasugerowała mu, by zapłacił kartą kredytową, jak to zwykle czynili goście hotelowi. Tym sposobem w razie nagłej potrzeby, miałby w kieszeni gotówkę. „W Afryce mogą nie honorować kart kredytowych" – chciała dodać, ale w porę ugryzła się w język. Gdyby wyszło na jaw, że podsłuchiwała rozmowę, albo co gorsze, że uważa jedne kraje za bardziej zacofane od innych – byłaby to kompromitacja.

Nieznajomy podziękował za troskę i grzecznie poprosił, aby jednak przyjęła pieniądze.

Przez trzy następne wieczory płacił – zawsze gotówką – za kolejkę w barze dla wszystkich. Coś takiego nigdy dotąd nie zdarzyło się w Viscos, dlatego szybko poszły w niepamięć wszelkie wzajemnie się wykluczające opinie na jego temat. Zaczęto dopatrywać się w nieznajomym duszy szlachetnej i przyjacielskiej, człowieka bez uprzedzeń, który nie wywyższał się nad innych.

Odtąd wieczorne dyskusje przybrały inny ton. Gdy zamykano bar, część ostatnich gości przyznawała rację burmistrzowi, twierdząc, iż przybysz jest człowiekiem doświadczonym przez los, zdolnym docenić wartość przyjaźni. Reszta opowiadała się po stronie księdza, który znał się na ludzkiej duszy, i był zdania, że jest on raczej człowiekiem samotnym, poszukującym nowych przyjaciół albo nowego sensu życia.

Tak czy owak wszyscy mieszkańcy Viscos zgadzali się co do tego, że jest miły i czuli, że kiedy w najbliższy poniedziałek wyjedzie, będzie im go brakowało.

Poza tym wszyscy doceniali jego takt, który ujawnił się przy pewnej niezbyt istotnej kwestii. Zazwyczaj podróżni, szczególnie ci przybywający samotnie, próbowali nawiązać rozmowę z obsługującą bar Chantal Prym, zapewne w nadziei na przelotny romans czy może coś więcej. Jednak nieznajomy zwracał się do niej tylko zamawiając drinki i nigdy nie rzucał w jej stronę uwodzicielskich ani tym bardziej dwuznacznych spojrzeń.

Przez trzy kolejne noce od spotkania nad strumieniem Chantal prawie nie zmrużyła oka. Wicher szalał na dworze, kołatał zdezelowanymi okiennicami. Dziewczyna budziła się raz po raz, zlana potem, choć z oszczędności wyłączała na noc ogrzewanie.

Pierwszą noc spędziła po stronie Dobra. Pomiędzy dwoma sennymi koszmarami, których nie pamiętała po przebudzeniu, modliła się i prosiła Boga o pomoc. Ani przez chwilę nie zaświtała jej w głowie myśl, by komukolwiek opowiedzieć o tym, co usłyszała od nieznajomego w lesie, i stać się posłanniczką grzechu i śmierci.

W pewnej chwili stwierdziła, że Bóg jest zbyt daleko, by ją usłyszeć, i zaczęła się modlić do swojej nieżyjącej już babki, która ją wychowywała, po tym jak matka Chantal zmarła podczas porodu.

Z całych sił chwytała się myśli, że Zło panoszyło się już kiedyś po tych ziemiach i odeszło na zawsze. Wiedziała, że mimo codziennych trosk i kłopotów mieszkańcy Viscos są ludźmi na wskroś uczciwymi, godnymi szacunku, rzetelnie wypełniają swoje obowiązki i mogą każdemu śmiało spojrzeć w oczy. Lecz nie zawsze tak było. Przez ponad dwa stulecia gnieździła się tutaj najgorsza hołota i w tamtych czasach przyjmowano to jako rzecz naturalną, tłumacząc sobie, iż to rezultat klątwy rzuconej przez Celtów po klęsce zadanej im przez Rzymian.

Działo się tak aż do chwili, gdy spokój i odwaga jednego człowieka, który nie wierzył w siłę klątw, lecz w moc błogosławieństw, odmieniły los jego ziomków. Wsłuchując się w uderzenia ciężkich okiennic, Chantal przypominała sobie opowiadanie babki.

„Przed wieloma laty pewien pustelnik, znany później jako święty Sawin, mieszkał w jednej z okolicznych grot. Viscos było wówczas przygranicznym miasteczkiem, zaludnionym przez zbiegłych bandytów, przemytników, prostytutki, łotrów i awanturników poszukujących towarzystwa ludzi sobie podobnych, morderców zbierających siły przed kolejną rzezią. Najgorszy z nich, Arab imieniem Ahab, panował nad całą okolicą, ściągając ogromne podatki od wieśniaków, którzy starali się mimo wszystko jakoś wiązać koniec z końcem i godnie żyć.

Pewnego dnia Sawin opuścił swoją grotę, udał się do domu Ahaba i poprosił o nocleg.

– Czyżbyś nic o mnie nie słyszał? – roześmiał się szyderczo Ahab. – Jestem łotrem, który ściął wiele głów na tych ziemiach. Twoje życie nic dla mnie nie znaczy.

– Wiem o tym – odrzekł Sawin. – Ale dość już mam mojej pustelni i chciałbym spędzić przynajmniej jedną noc pod twoim dachem.

Ahabowi nie w smak była sława świętego, która mogła się równać tylko z jego sławą – nie chciał się nią dzielić z kimś tak słabym jak Sawin. Dlatego postanowił zabić go jeszcze tej samej nocy, aby pokazać wszystkim, że to on jest jedynym prawowitym władcą Viscos.

Jakiś czas gawędzili. Ahaba poruszyły słowa świętego, jednak był człowiekiem podejrzliwym i od dawna nie wierzył już w Dobro. Wskazał Sawinowi posłanie i ku przestrodze zaczął ostrzyć nóż. Sawin przyglądał mu się przez jakiś czas, po czym zamknął oczy i zasnął.

Ahab ostrzył nóż przez całą noc. Wczesnym rankiem, gdy Sawin obudził się, ujrzał Ahaba płaczącego przy jego posłaniu.

– Nie wystraszyłeś się mnie, ani też pochopnie nie osądziłeś. Ty pierwszy spędziłeś noc pod moim dachem, wierząc, że jestem dobry i zdolny dać schronienie potrzebującym. Ponieważ wierzyłeś, że mogę postąpić uczciwie, nie mogłem zrobić inaczej.

Z dnia na dzień Ahab porzucił bandyckie życie i zaczął na swoim terenie wprowadzać zmiany. Wtedy to Viscos przestało być przygraniczną kryjówką dla szumowin i stało się ośrodkiem handlu.

Oto co powinnaś wiedzieć i o czym powinnaś zawsze pamiętać".

Chantal wybuchnęła płaczem, dziękując babce za opowiedzenie jej tej historii. Jej sąsiedzi byli dobrzy i mogła im zaufać. Kiedy próbowała na nowo zasnąć, przyszła jej do głowy myśl, że wyjawi im, co wie o nieznajomym, tylko po to, żeby zobaczyć jego przerażoną minę w chwili, gdy mieszkańcy go stąd przepędzą.

Wieczorem jak zwykle przybysz wszedł do baru i zagaił rozmowę – zupełnie jak turysta, udający, że obchodzi go sposób, w jaki strzyże się tu owce czy wędzi mięso. Mieszkańcom Viscos zdawało się, że przyjezdnych zawsze fascynował ich zdrowy, naturalny tryb życia, dlatego powtarzali w nieskończoność te same opowieści o urokach życia z dala od cywilizacji, choć każdy z nich w głębi serca marzył o tym, by znaleźć się gdzieś daleko stąd, wśród samochodów zanieczyszczających powietrze i w dzielnicach, gdzie nigdy nie jest bezpiecznie – z tej prostej przyczyny, że wielkie miasta zawsze fascynowały ludzi z prowincji.

Jednak kiedy zjawiał się jakiś gość, okazywali w słowach – tylko w słowach – radość płynącą z życia w raju utraconym, starając się przekonać siebie samych, że przyjście na świat właśnie tutaj było wspaniałym darem losu, graniczącym z cudem. Zapominali przy tym, że jak dotąd żaden z przyjezdnych nie zdecydował się porzucić wszystkiego i zamieszkać w Viscos.

W barze panował pogodny nastrój, choć nieco zepsuła go jedna uwaga nieznajomego:

– Tutejsze dzieci są bardzo dobrze wychowane. Wiele podróżowałem i wiem, że wszędzie dzieci krzyczą od rana, a tutaj jest tak cicho.

Po chwili konsternacji, jako że w Viscos nie było dzieci, ktoś zapytał przybysza, jak mu smakuje tutejsza kuchnia, i rozmowa potoczyła się normalnym torem. Rozpływano się nad urokami życia na prowincji, użalano nad pośpiechem i hałasem wielkich miast.

W miarę upływu czasu Chantal stawała się coraz bardziej niespokojna. Obawiała się, że nieznajomy każe jej opowiedzieć o ich spotkaniu w lesie. Ale on nawet na nią nie patrzył. Zwrócił się do niej tylko raz, gdy zamawiał kolejkę dla wszystkich, za którą, jak zwykle, zapłacił gotówką.

W końcu ostatni goście opuścili bar, a przybysz udał się do swego pokoju. Chantal zdjęła fartuch, zapaliła papierosa z paczki, którą ktoś zostawił na stole, i obiecała właścicielce hotelu, że posprząta rano, bo jest wykończona po nieprzespanej nocy. Uzyskawszy zgodę pracodawczyni, wzięła płaszcz i wyszła.

Deszcz chłostał jej twarz. Pocieszała się, że wszystko to było tylko szalonym wybrykiem, makabrycznym żartem nieznajomego, który chciał zawrócić jej w głowie.

Ale przypomniała sobie o złocie. Widziała je na własne oczy. Może to wcale nie było złoto? Była zanadto zmęczona, by to teraz roztrząsać. Gdy tylko znalazła się w swoim pokoju, rozebrała się i szybko wskoczyła pod kołdrę.

Następnej nocy Chantal stanęła przed Dobrem i Złem. Zapadła w głęboki sen bez snów, ale obudziła się po niespełna godzinie. Na zewnątrz panowała całkowita cisza. Nawet wiatr przestał uderzać w okiennice, nie słychać było nocnych ptaków – nic, zupełnie nic, co mogłoby wskazywać, że nadal znajduje się pośród żywych.

Podeszła do okna i popatrzyła na pustą ulicę. Drobny deszcz i mgła rozświetlona słabym blaskiem hotelowego neonu nadawały miastu atmosferę niesamowitości. Dobrze znała ciszę tej zapadłej mieściny, ciszę oznaczającą nie tyle spokój, ile całkowity brak nowych wydarzeń, o których można by opowiadać.

Spojrzała ku górom. Nie było ich widać, bo chmury wisiały nisko, ale wiedziała, że gdzieś tam jest ukryta sztabka złota – albo raczej czegoś żółtawego – którą zakopał nieznajomy. Pokazał jej kryjówkę, jakby prosząc, by odkopała i wzięła sobie ten skarb.

Wróciła do łóżka, przez pewien czas przekręcała się z boku na bok, znowu wstała i poszła do łazienki. Obejrzała w lustrze swoje nagie ciało. Ogarnął ją strach, że już wkrótce przestanie być ponętne. Znów weszła do łóżka. Żałowała, że nie wzięła ze sobą pozostawionej na stole w barze paczki papierosów, ale wiedziała, że właściciel po nią wróci. Domyśliłby się, kto ją wziął. Viscos takie już było: napoczęta paczka papierosów miała swojego właściciela, zgubiony guzik od płaszcza musiał być przechowywany do chwili, gdy ktoś się po niego zgłosi. Resztę wypłacano co do grosza – zaokrąglanie rachunku było nie do pomyślenia. Przeklęte miejsce, gdzie wszystko jest przewidywalne, zgodne z odwiecznym porządkiem.

Gdy zdała sobie sprawę, że już nie zaśnie, spróbowała znowu modlić się i przypomnieć sobie babcię, ale jej myśli wciąż krążyły wokół jednego obrazu: dołek, w którym leży zabrudzony ziemią żółty metal, a ona stoi nieopodal i trzyma w ręku gałąź podobną do kostura pielgrzyma gotującego się do drogi. Zasypiała i budziła się wiele razy, lecz na zewnątrz wciąż trwała ta sama przytłaczająca cisza, a ona w kółko myślała o tym samym.

Zaledwie pierwsze promienie słońca wpadły przez okno, Chantal ubrała się i poszła w góry.

Choć ludzie w Viscos zwykli wstawać o świcie, teraz było jeszcze dla nich zbyt wcześnie. Szła pustą ulicą, niespokojnie oglądając się za siebie, aby upewnić się, czy nieznajomy jej nie śledzi, ale w gęstej mgle trudno było coś zobaczyć. Od czasu do czasu przystawała, starając się wyłowić odgłos obcych kroków, lecz słyszała jedynie przyśpieszone bicie własnego serca.

W lesie skierowała się do skał piętrzących się na kształt litery Y. Zawsze z lękiem zbliżała się do nich, bo wyglądały tak, jakby za chwilę miały runąć w dół. Znalazła gałąź, którą rzuciła tu poprzednim razem. Zaczęła nią drążyć ziemię, dokładnie w tym miejscu, które uprzednio wskazał jej nieznajomy, włożyła rękę do dołka, by wyjąć sztabkę. Nastawiła uszu: las był spowity jakąś niesamowitą ciszą, jakby porażony czyjąś obecnością − zwierzęta zamarły, liście nie szeleściły.

Metal był zaskakująco ciężki. Przetarła sztabkę i zobaczyła jakieś dwie pieczęcie i serię cyfr − nie miała pojęcia, co to znaczy.

Ile to mogło być warte? Nie wiedziała dokładnie, ale z pewnością, jak mówił nieznajomy, do końca życia nie musiałaby się martwić o pieniądze. Trzymała w rękach klucz do swoich marzeń, coś, czego zawsze pragnęła i co teraz jakimś cudem znalazło się w jej posiadaniu. Patrzyła na złoto, które dawało jej możliwość wyrwania się z kieratu jednakowych dni i nocy w Viscos; nudnej drogi z domu do pracy i z powrotem. Była zatrudniona w tym hotelu, od kiedy osiągnęła pełnoletność. To złoto pozwalało uwolnić się od corocznych odwiedzin przyjaciół i przyjaciółek, których rodzice wysłali daleko stąd na studia, by stali się kimś; od mężczyzn, którzy obiecywali wszystko a następnego ranka odchodzili bez słowa; od niespełnionych nadziei. Ta chwila była najważniejsza w jej życiu.

Los nigdy nie był dla niej łaskawy. Ojca nie znała, matka zmarła podczas porodu, ona przeżyła z poczuciem, że winna jest jej śmierci. Babka, prosta kobieta, utrzymywała się z krawiectwa i ciułała grosz do grosza, byleby tylko wnuczka mogła nauczyć się choć czytać i pisać. Chantal marzyła, że pewnego dnia zdoła się wyrwać do wielkiego miasta, że znajdzie męża, pracę, a może zostanie odkryta przez jakiegoś łowcę talentów, którego losy zawiodą na ten skraj świata, że zrobi karierę w teatrze albo napisze książkę, która odniesie wielki sukces, że stanie się znaną modelką i będzie stąpać po purpurowym dywanie sławy.

Każdy dzień był wypełniony oczekiwaniem. Każdej nocy mógł zjawić się ktoś, kto doceni jej zalety. Każdy mężczyzna w jej łóżku niósł nadzieję opuszczenia na zawsze z tej zapadłej dziury. Już nigdy nie będzie musiała oglądać tych trzech ulic na krzyż, rozpadających się domów i spłowiałych dachów, kościoła z zarośniętym cmentarzem, hotelu i regionalnych specjałów, które przygotowywano przez długie tygodnie, by koniec końców sprzedać je za cenę zwykłych, fabrycznych wyrobów.

Kiedyś wymyśliła sobie, że Celtowie zamieszkujący niegdyś te ziemie ukryli tutaj niezwykły skarb, i żyła nadzieją, że w końcu uda jej się go odnaleźć. Oczywiście ze wszystkich jej marzeń to było najdziwaczniejsze i najbardziej absurdalne.

I oto nadszedł długo oczekiwany dzień. Stała ze sztabką złota w dłoniach i pieszczotliwie gładziła skarb, w którego istnienie nigdy do końca nie wierzyła – zwiastun wolności.

Ogarnęła ją panika – jedyna szansa na szczęście w jej życiu mogła prysnąć jak bańka mydlana. A jeśli nieznajomy zmieni zdanie? Jeśli postanowi poszukać innego miasta, gdzie spotka kogoś bardziej skorego do pomocy przy realizacji swojego planu? Czyż nie byłoby lepiej przestać się teraz bić z myślami, wrócić do domu, spakować rzeczy i po prostu wyjechać?

Wyobraziła sobie siebie, jak schodzi stromą uliczką, próbuje zatrzymać jakiś samochód... W tym czasie nieznajomy wychodzi na poranny spacer i odkrywa, że skradziono mu złoto. Gdy ona dociera do najbliższego miasta, on biegnie do hotelu, by powiadomić policję.

Oczyma wyobraźni zobaczyła siebie, jak podchodzi prosto do kasy dworcowej i kupuje bilet na drugi koniec świata. Wtedy niby spod ziemi wyrastają obok niej dwaj policjanci i uprzejmie proszą, by zechciała otworzyć walizkę. Przestają być uprzejmi, kiedy widzą złoto. Właśnie tej kobiety szukali od paru godzin.

Na posterunku ma do wyboru: albo powiedzieć prawdę, w którą i tak nikt nie uwierzy, albo skłamać, że zobaczyła w lesie świeżo wzruszoną ziemię, postanowiła kopać głębiej i znalazła złoto. Niedawno miała krótki romans z pewnym poszukiwaczem celtyckich skarbów. Powiedział jej, że tutejsze prawo stanowi w sposób jasny, iż można zatrzymać wszystko, co się znajdzie, oprócz przedmiotów o wartości historycznej, które przechodzą na własność państwa. Ale ta sztabka złota nie miała absolutnie żadnej wartości historycznej, a więc jej właścicielem może stać się ten, kto ją znalazł.

Potem policja przesłucha nieznajomego, ale on nie zdoła udowodnić, że Chantal weszła do jego pokoju w hotelu i go okradła. Ich zeznania będą sprzeczne, ale, być może, on okaże się silniejszy, bardziej wpływowy i dlatego szala zwycięstwa przechyli się na jego stronę. Jednak Chantal zwróci się do policji o zbadanie sztabki i jej wersja zostanie potwierdzona, bo na powierzchni metalu zostaną wykryte ślady ziemi.

Tymczasem wieści o tym skandalu dotrą już do Viscos. Mieszkańcy z zazdrości albo z zawiści zaczną powątpiewać w uczciwość dziewczyny, wspominając, że nieraz zdarzało się jej sypiać z hotelowymi gośćmi. Będą podejrzewać, że okradła przybysza podczas snu.

Historia zakończy się żałośnie: sztabka złota zostanie skonfiskowana aż do wyjaśnienia sprawy, Chantal zaś, poniżona i przegrana, wróci do Viscos i na długie lata stanie się tematem plotek krążących

po okolicy. Wkrótce zrozumie, że postępowanie są-
dowe nie prowadzi do niczego, na adwokatów potrzeba pieniędzy, których ona nie ma, i zmuszona
będzie dać za wygraną.

Ostatecznie więc nie będzie miała złota, a na dodatek straci reputację.

Ale możliwa była i inna wersja. Jeśli nieznajomy
mówił prawdę, to czy Chantal, kradnąc złoto
i uciekając z nim daleko stąd, nie uchroni miasta
przed większym nieszczęściem?

Jednak zanim jeszcze wyszła rankiem z domu,
wiedziała, że nie jest w stanie tego zrobić. Dlaczego właśnie w chwili, gdy mogła całkiem odmienić
swój los, tak bardzo się bała? Czy nie sypiała z tymi, na których miała ochotę? Czy nie dawała jednoznacznie do zrozumienia gościom hotelowym,
by zostawiali jej suty napiwek? Czy nie zdarzało się
jej kłamać? Czy nie zazdrościła dawnym przyjacio-
łom, którzy teraz zjawiali się w Viscos tylko z okazji świąt?

Kurczowo zacisnęła dłonie na złocie. Nagle poczuła się słaba i zrozpaczona. Z powrotem ułożyła
sztabkę w dołku i przysypała pieczołowicie ziemią.
Nie potrafiła jej ukraść, i nie miało to nic wspólnego
z uczciwością – po prostu ogarnęło ją przerażenie.

Uświadomiła sobie, że istnieją dwa powody, które nie pozwalają ludziom spełnić swoich marzeń.
Najczęściej po prostu uważają je za nierealne.
A czasem na skutek nagłej zmiany losu pojmują, że
spełnienie marzeń staje się możliwe w chwili, gdy
się tego najmniej spodziewają. Wtedy jednak budzi
się w nich strach przed wejściem na ścieżkę, która

prowadzi w nieznane, strach przed życiem rzucającym nowe wyzwania, strach przed utratą na zawsze tego, do czego przywykli.

Ludzie tęsknią za całkowitą odmianą, a jednocześnie pragną, by wszystko pozostało takie jak dawniej. Teraz musiała rozwiązać tę zagadkę, choć niewiele z niej pojmowała. Może już się zasiedziała w Viscos, pogodziła z brakiem nadziei i dlatego każda szansa na odmianę losu wydawała jej się niczym brzemię nie do udźwignięcia?

Zapewne nieznajomy przestał już na nią liczyć i wybierze kogoś innego, a może wyjedzie. Jednak nie miała dość odwagi, by podjąć wyzwanie i zacząć nowe życie.

O tej porze powinna być już w pracy. Odwróciła się od skarbu i poszła do hotelu, gdzie czekała pracodawczyni z lekko urażoną miną, bo przecież dziewczyna miała posprzątać bar, nim obudzi się jedyny gość hotelowy.

Obawy Chantal były bezpodstawne – nieznajomy nie wyjechał. Zjawił się tego wieczoru w barze, jeszcze bardziej uroczy niż zwykle. Snuł opowieści, które może nie miały wiele wspólnego z prawdą, ale na pewno przeżył je silnie w wyobraźni. I znów ich beznamiętne spojrzenia tylko się skrzyżowały, gdy podszedł do baru, by zamówić jeszcze jedną kolejkę dla wszystkich.

Chantal była wyczerpana. Chciała, by goście poszli sobie jak najprędzej, ale nieznajomy był dziś szczególnie rozmowny i nie przestawał opowiadać historii, których wszyscy słuchali z uwagą i z tym politowania godnym respektem, czy raczej służalczością, jaką prowincjusze okazują przybyszom z wielkich miast, bo uważają ich za bardziej wykształconych, obytych w świecie, bardziej inteligentnych i nowoczesnych.

„Głupcy – myślała w duchu. – Nie mają pojęcia, jak są ważni. Nie zdają sobie sprawy, że to tylko dzięki ludziom takim jak oni, ludziom, którzy harują od rana do nocy, uprawiają ziemię w pocie czoła, troszczą się o swoje stada – tylko dzięki nim inni mogą jeść. Ci zapracowani wieśniacy są na świecie bardziej potrzebni niż mieszkańcy wielkich miast, a mimo to zachowują się jak istoty gorszego gatunku".

Nieznajomy próbował udowodnić, że ogłada i wykształcenie dają mu przewagę nad każdym kto był w barze. Wskazał wiszący na ścianie obraz.

– Czy wiecie, co to jest? To jedno z najbardziej znanych dzieł na świecie, ostatnia wieczerza Jezusa z uczniami, namalowana przez Leonarda da Vinci.

– Ten obraz nie może być aż tak znany – odezwała się właścicielka hotelu. – Kosztował grosze.

– To tylko reprodukcja. Oryginał znajduje się w jednym z kościołów daleko stąd. O tym obrazie krąży legenda. Chcielibyście ją poznać?

Wszyscy przytaknęli, a Chantal po raz kolejny zawstydziła się, że jest jedną z nich i słucha człowieka, który chełpi się swoją próżną wiedzą tylko po to, by pokazać, że wie więcej niż inni.

– Tworząc to dzieło, Leonardo da Vinci natknął się na pewną trudność. Musiał namalować Dobro pod postacią Jezusa oraz Zło pod postacią Judasza – przyjaciela, który zdradza go podczas ostatniej wieczerzy. Malarz zmuszony był przerwać pracę, gdyż poszukiwał modeli doskonałych.

Pewnego dnia w czasie występu chóru chłopięcego, dostrzegł w jednym ze śpiewaków idealne uosobienie Chrystusa. Zaprosił go do swojej pracowni i wykonał kilka szkiców.

Minęły trzy lata. *Ostatnia wieczerza* była prawie gotowa, jednak Leonardo wciąż nie znalazł idealnego modelu Judasza. Kardynał zaczął naciskać, żądając, by mistrz jak najszybciej ukończył obraz.

Pewnego dnia, po wielu tygodniach poszukiwań, malarz znalazł w rynsztoku przedwcześnie podstarzałego młodzieńca, obdartego i pijanego w sztok. Z trudem udało mu się nakłonić swoich uczniów, by zabrali go prosto do kościoła, ponieważ nie miał już czasu na szkicowanie.

Zaniesiono zdezorientowanego nędzarza do świątyni. Uczniowie podtrzymywali go, podczas gdy Leonardo nanosił na fresk rysy wyrażające okrucieństwo, grzech, samolubność, tak wyraziście malujące się na tej twarzy.

W tym czasie żebrak nieco otrzeźwiał. Otworzył oczy i ujrzał przed sobą malowidło.

— Widziałem już ten obraz! — wykrzyknął z przerażeniem.

— Kiedy? — spytał zaskoczony mistrz.

— Przed trzema laty, zanim wszystko straciłem. Śpiewałem wtedy w chórze, moje życie było pełne marzeń i pewien artysta poprosił mnie, abym mu pozował do postaci Jezusa.

Nieznajomy zamilkł. Wpatrywał się w sączącego piwo proboszcza, ale Chantal wiedziała, że teraz mówi do niej.

— Chcę przez to powiedzieć, że Dobro i Zło mają to samo oblicze, wszystko zależy jedynie od momentu, w którym staną na drodze człowieka. Wstał od stołu, przeprosił wszystkich i tłumacząc się zmęczeniem, poszedł do swego pokoju. Pozostali płacili rachunki i powoli wychodzili, spoglądając na tanią reprodukcję słynnego obrazu, pytając siebie samych, w którym momencie swego życia spotkali anioła, a w którym diabła. I choć nikt nie odezwał się ani słowem, doszli do wniosku, że coś takiego mogło się zdarzyć w Viscos, zanim Ahab przywrócił tu spokój. Teraz każdy dzień był podobny do innych i nic się nie działo.

U kresu sił, pracująca jak automat Chantal wiedziała, że jest jedyną osobą, która myśli inaczej, bo czuła uwodzicielską rękę Zła, głaszczącą ją po twarzy. „Dobro i Zło mają to samo oblicze, wszystko zależy jedynie od momentu, w którym staną na drodze człowieka". Piękne słowa, może nawet prawdziwe, ale ona potrzebowała teraz tylko snu i niczego poza tym.

Pomyliła się przy wydawaniu reszty, co rzadko się jej zdarzało. Kiedy ksiądz i burmistrz, którzy z reguły wychodzili ostatni, opuścili bar, zamknęła kasę, zebrała swoje rzeczy, włożyła grubą, tanią jesionkę i poszła do domu jak zawsze, od wielu lat.

Trzeciej nocy stanęła przed Złem. Przejawiło się ono w nieludzkim zmęczeniu i bardzo wysokiej gorączce. Zapadła w stan ni to snu, ni jawy i nie mogła zasnąć. Za oknem nieprzerwanie wył wilk. Chwilami miała wrażenie, że majaczy, bo zdawało się jej, że zwierzę wtargnęło do pokoju i mówi do niej w nieznanym języku. Nagle w przebłysku świadomości próbowała wstać, dowlec się do kościoła i prosić księdza, by wezwał lekarza, bo jest chora, bardzo chora, ale poczuła, że nogi odmawiają jej posłuszeństwa i zrozumiała, że nie jest w stanie uczynić nawet kroku.

A jeśli nawet uda jej się pokonać słabość i przejść parę metrów, to nie zdoła dojść do plebanii.

Jeśli zaś tam dotrze, to będzie musiała czekać, aż ksiądz się obudzi, ubierze, otworzy drzwi. W tym czasie przenikliwy chłód ją zabije – w miejscu, które niektórzy zwą świętym.

„Łatwo będzie mnie pochować, umrę przy bramie cmentarnej" – pomyślała z ironią.

Majaczyła w gorączce przez całą noc, dopiero o świcie zasnęła spokojnie. Obudził ją znany dźwięk klaksonu, zwiastujący przybycie piekarza. Trzeba było wstać i zrobić śniadanie.

Nikt jej nie zmuszał, by zeszła po chleb, mogła zostać w łóżku, jak długo chciała, bo zaczynała pracę dopiero o zmroku. Ale coś się w niej zmieniło. Żeby nie zwariować potrzebowała kontaktu ze światem. Chciała znaleźć się między ludźmi, którzy zgromadzili się teraz wokół małej zielonej furgonetki, zadowoleni, że zaczyna się nowy dzień, a oni mają, co jeść i co robić.

Pozdrowiła wszystkich i usłyszała kilka zaniepokojonych pytań: „Wyglądasz na zmęczoną. Dobrze się czujesz?". Wszyscy tacy uprzejmi, serdeczni, zawsze gotowi nieść pomoc, niewinni i prostoduszni w swej hojności, gdy tymczasem ona, nękana strachem, szamotała się w nieprzerwanej walce o marzenia o bogactwie, przygodach i władzy. Bardzo chciała podzielić się z kimś swoją tajemnicą, ale wiedziała, że w całym Viscos byłoby o tym głośno jeszcze przed nadejściem południa. Dlatego powinna podziękować za troskę, wrócić do domu i uporządkować myśli.

– Nic mi nie jest – odpowiedziała. – Tylko wilk wył całą noc i nie dał mi spać.

– Nie słyszałam żadnego wilka – odezwała się właścicielka hotelu, która też kupowała chleb.

– Już od miesięcy nie wyją u nas wilki – dodała kobieta, która prowadziła hotelowy sklepik. – Myśliwi pewnie je wytrzebili, co nie wróży nam dobrze. Jeśli wilki rzeczywiście znikną, to turyści nie pojawią się tu na polowania. Wprawdzie to głupie zajęcie, nikomu niepotrzebne współzawodnictwo, ale zawsze zostawiali u nas trochę grosza.

– Nie mów w obecności piekarza, że nie ma tu wilków – szepnęła jej do ucha pracodawczyni Chantal. – Jeśli rozniesie to po okolicy, nikt do Viscos nie przyjedzie.

– Ale ja słyszałam wilka.

– To pewnie był ten przeklęty wilk – dodała żona burmistrza, która nie przepadała za Chantal, ale była na tyle dobrze wychowana, by tego nie okazać.

– Nie ma żadnego przeklętego wilka – zdenerwowała się właścicielka hotelu. – To był zwykły wilk, który jest już pewnie gdzieś daleko.

Ale pani burmistrzowa nie dawała za wygraną.

– Przeklęty czy nie, wszyscy wiemy, że jakiś wilk wył tej nocy. Ta dziewczyna zbyt dużo u ciebie pracuje, jest przemęczona i zaczyna mieć halucynacje.

Chantal zostawiła sprzeczające się kobiety, wzięła bochenek chleba i odeszła.

„Nikomu niepotrzebne współzawodnictwo". Te słowa ją uderzyły. Oni wszyscy właśnie tak pojmowali życie – jako bezużyteczne współzawodnictwo. Przed chwilą była już niemal skłonna wyjawić im propozycję nieznajomego, aby sprawdzić, czy ci zrezygnowani i ubodzy duchem ludzie gotowi są przystąpić do prawdziwie użytecznego współzawodnictwa: dziesięć sztabek złota w zamian za zbrodnię, która zagwarantuje przyszłość ich dzieciom i wnukom oraz powrót utraconej sławy Viscos, z wilkami czy bez wilków.

Ale zapanowała nad sobą. Podjęła decyzję – opowie całą historię jeszcze tego wieczoru w barze, w obecności wszystkich, tak aby nikt nie mógł powiedzieć, że nie usłyszał, czy nie zrozumiał. Może zaprowadzą nieznajomego prosto na posterunek policji, a jej pozwolą wziąć sztabkę złota jako nagrodę za zasługi dla społeczności. Albo po prostu nie uwierzą jej i nieznajomy odejdzie w przeświadczeniu, że wszyscy tu są dobrzy – co nie będzie prawdą, bo ludzie tu są nieświadomi, naiwni i zrezygnowani. Nie uwierzyliby w nic, co wykraczałoby poza to, w co przywykli wierzyć. Boją się Boga. Wszyscy, z nią na czele, stchórzyliby, gdyby się okazało, że mogą odmienić swój los. Jeżeli zaś chodzi o Dobro, to ono nie istnieje ani na ziemi pełnej tchórzy, ani w niebie wszechwładnego Boga, który sieje rozpacz na chybił trafił, tylko po to, byśmy przez całe życie błagali Go, aby nas wyciągnął z tarapatów.

Gorączka spadła. Chantal nie spała od trzech

nocy, ale przygotowując śniadanie, poczuła się świetnie. Nie była jedynym tchórzem, choć może jedynym tchórzem świadomym swego tchórzostwa, bo inni nazywali życie „niepotrzebnym współzawodnictwem" i mylili strach z wielkodusznością.

Przypomniała sobie pewnego mieszkańca Viscos, który przez dwadzieścia lat pracował w aptece w pobliskim miasteczku i nagle stracił posadę. Nie poprosił o żadne odszkodowanie, bo jak twierdził, był przyjacielem właściciela i nie chciał mu sprawić zawodu ani dorzucać zmartwień do kłopotów finansowych, z powodu których aptekarz go zwolnił. Było to wierutne kłamstwo. Ów człowiek nie procesował się z pracodawcą, bo był tchórzem. Chciał być lubiany za wszelką cenę. Miał nadzieję, że w ten sposób pozostanie na zawsze w oczach szefa człowiekiem szlachetnym i uczynnym. Jakiś czas później, gdy poprosił aptekarza o drobną pożyczkę, został wydrwiony, ale było już za późno. Dobrowolnie podpisał zwolnienie i nie miał prawa żądać nic więcej.

„Tym gorzej dla niego" – pomyślała Chantal z przekąsem. Odgrywanie roli wspaniałomyślnego nadaje się w sam raz dla tych, którzy boją się przyjąć na siebie odpowiedzialność za własne życie. O ileż prościej jest wierzyć w swoją szlachetność, niż stawić czoło innym i walczyć o swoje prawa. O ileż wygodniej jest wysłuchać obelgi i nie obrazić się, zamiast zdobyć się na odwagę i rzucić do walki z silniejszym przeciwnikiem. Można przecież zawsze udać, że rzucony w nas kamień chybił celu. I tylko nocą – gdy zostajemy sami ze sobą, a nasi bliscy smacznie śpią – tylko nocą możemy w ciszy zapłakać nad własnym tchórzostwem.

Chantal z apetytem zjadła śniadanie i zapragnęła, by ten dzień szybko minął. Miała zamiar zniszczyć to miasto, jeszcze tej nocy z nim skończyć. Viscos i tak jest skazane na zniknięcie z mapy świata w ciągu jednego pokolenia, bo nie ma tu dzieci. A młodzi zakładają rodziny w dużych miastach, prowadząc dostatnie życie w wirze „niepotrzebnego współzawodnictwa".

Jednak dzień dłużył się bez końca. Szare chmury wiszące nisko nad ziemią sprawiały, że godziny wlokły się niemiłosiernie. Mgła zasłaniała górskie szczyty i miasteczko zdawało się być odcięte od reszty świata, zdane samo na siebie, jakby było jedynym zaludnionym skrawkiem ziemi. Chantal widziała z okna swojego pokoju, że nieznajomy, jak co dzień, poszedł w góry. Zadrżała na myśl o swoim złocie, lecz zaraz uspokoiła łomoczące serce – on wróci, bo zapłacił za tygodniowy pobyt w hotelu, a bogacze nigdy nie marnują nawet grosza – tylko biedni są do tego zdolni.

Starała się zająć lekturą, ale nie udało się jej skupić myśli. Postanowiła przejść się po Viscos. Jedyną osobą, jaką spotkała, była Berta, wdowa, która całe dnie spędzała na krześle przed swym domem, bacznie obserwując wszystko, co się wokół dzieje.

– Pogoda się jeszcze popsuje – powiedziała Berta.

Chantal zastanawiała się w duchu, czemu ludzie, którzy nie mają nic do roboty, tak bardzo przejmują się pogodą. Skinęła tylko głową na powitanie.

Poszła przed siebie. Przez te całe lata wyczerpała już z Bertą niemal wszystkie tematy rozmów. Był czas, gdy uważała, że to dzielna kobieta, której udało się jakoś ułożyć sobie życie po śmierci męża, zastrzelonego na polowaniu. Sprzedała część swojego majątku, a uzyskane pieniądze wraz z wypłaconą polisą dobrze ulokowała i żyła z odsetek.

Jednak wraz z upływem czasu Chantal przestała podziwiać wdowę, uosobienie tego, czego sama za wszelką cenę chciała uniknąć. Nie zamierzała skończyć życia, siedząc na krześle przed domem, zimą ciepło opatulona, zapatrzona w jedyny krajobraz, który w życiu było jej dane poznać. Przecież nie ma tu nic interesującego, ważnego ani pięknego do oglądania.

Weszła do zasnutego mgłą lasu bez obawy, że zabłądzi. Znała tu na pamięć każdą ścieżkę, każde drzewo i każdy kamień. Idąc wyobrażała sobie, jak ekscytujący będzie dzisiejszy wieczór. Próbowała na rozmaite sposoby przedstawić propozycję nieznajomego. Raz powtarzała niemal słowo w słowo to, co usłyszała i zobaczyła, to znów wymyślała mniej lub bardziej prawdopodobną historię, starając się nadać jej styl tego człowieka, który od trzech nocy spędzał jej sen z powiek.

„On jest bardzo niebezpieczny, gorszy od wszystkich myśliwych, jakich dotąd spotkałam" – pomyślała.

Nagle uświadomiła sobie, że odkryła kogoś równie niebezpiecznego co nieznajomy – siebie samą. Jeszcze cztery dni temu nie zdawała sobie sprawy, że już dawno zrezygnowała z walki o siebie, że pogodziła się z losem, bo życie w Viscos nie jest przecież aż tak złe, a latem napływają tu tłumnie turyści, którzy nazywają tę miejscowość „małym rajem na ziemi".

Teraz z jej duszy, jak z grobu zaczęły wypełzać potwory i sprawiać, że poczuła się nieszczęśliwa, pokrzywdzona, opuszczona przez Boga i oszukana przez własne przeznaczenie. Wróciła gorycz, która przepełniała ją w dzień i w nocy, w lesie i w pracy, podczas rzadkich spotkań z przyjaciółmi i w częstych chwilach samotności.

„Niech będzie przeklęty ten człowiek, a ja razem z nim, bo sprawiłam, że skrzyżowały się nasze drogi".

Postanowiła zawrócić. Żałowała każdej minuty swego życia. Przeklinała matkę za to, że umarła przy porodzie, babkę, która pragnęła ją wychować na osobę dobrą i uczciwą, przyjaciół, bo ją opuścili, i swój własny los, który odbierał jej poczucie wolności.

Berta wciąż tkwiła na swoim posterunku.

– Ledwo poszłaś do lasu, a już wracasz – odezwała się. – Dokąd ci tak śpieszno? Usiądź tu koło mnie i chwilę odsapnij.

Chantal przyjęła zaproszenie. Gotowa była zrobić wszystko, byleby tylko czas szybciej mijał.

– Wygląda na to, że Viscos zaczyna się zmieniać – powiedziała Berta. – Coś dziwnego wisi w powietrzu, a wczoraj wieczorem słyszałam wycie przeklętego wilka.

Dziewczyna odetchnęła z ulgą. Przeklęty czy nie, jakiś wilk wył tej nocy i nie tylko ona go słyszała.

– Ta mieścina nigdy się nie zmieni – odparła Chantal. – Tu zmieniają się tylko pory roku i właśnie nadeszła zima.

– Nie o to mi chodzi! Raczej o przybycie tego nieznajomego.

Chantal drgnęła. Czyżby zwierzył się ze swoich planów komuś jeszcze?

– Co ma wspólnego przybycie nieznajomego z naszym miastem?

– Całymi dniami przyglądam się wszystkiemu, co się wokół mnie dzieje. Niektórzy sądzą, że to strata czasu, ale dla mnie to jedyny sposób, by pogodzić się z utratą tego, którego tak bardzo kochałam. Widzę, jak nieodmiennie mijają pory roku, jak drzewa tracą i odzyskują liście. Ale wiem, że ta nieodmienność może zostać nieodwracalnie zmieniona poprzez nieoczekiwane zdarzenie. Słyszałam, że otaczający nas łańcuch gór powstał na skutek trzęsienia ziemi przed wieloma tysiącami lat.

Dziewczyna przytaknęła – tego samego uczono ją w szkole.

– A zatem nic nie trwa wiecznie – mówiła Berta – wszystko się zmienia. Boję się, że i teraz może się tak stać.

Chantal miała nieprzepartą ochotę powiedzieć o sztabkach złota, bo podejrzewała, że staruszka coś wie na ten temat, ale nie wyrzekła ani słowa.

– Myślę o Ahabie – ciągnęła stara Berta – naszym wielkim reformatorze, naszym bohaterze, człowieku błogosławionym przez świętego Sawina.

– Dlaczego właśnie o Ahabie?

– Bo on rozumiał, że nawet błahy szczegół może zniweczyć wszystko. Podobno pewnej nocy, niedługo po tym jak zaprowadził ład w miasteczku i przepędził ostatnich zbirów, zaprosił przyjaciół na kolację. Przygotował dla nich soczystą pieczeń. Nagle zorientował się, że w domu zabrakło soli i nakazał synowi: „Idź do sklepu po sól. Tylko zapłać uczciwie, ani za drogo, ani za tanio".

Syn był zaskoczony.

„Rozumiem, ojcze, że nie mogę przepłacić. Ale jeśli zdołam nieco wytargować, to czemu nie zaoszczędzić trochę grosza?".

„W dużym mieście byłoby to nawet wskazane, lecz w miejscowości tak małej jak nasza mogłoby się źle skończyć".

Syn wyszedł, nie pytając o nic więcej. Jednak goście, którzy przysłuchiwali się rozmowie, ciekawi byli, dlaczego nie można się targować. Ahab wtedy rzekł:

„Kto sprzedaje swój towar poniżej ceny, robi tak, bo rozpaczliwie potrzebuje pieniędzy. Kto wykorzystuje tę sytuację, okazuje głęboką pogardę dla pracy człowieka, który w pocie czoła tę rzecz wyprodukował".

„Ale to jeszcze zbyt mało, by doprowadzić do upadku całe miasto!".

„Na początku świata mało było niesprawiedliwości. Każde kolejne pokolenie dokładało maleńką cegiełkę od siebie, sądząc, że nie ma to znaczenia, i sami widzicie, jaki świat jest teraz".

— Czy nieznajomy ma z tym jakiś związek? — zapytała Chantal, licząc na to, że Berta przyzna się, że z nim rozmawiała. Ale staruszka milczała uparcie.

— Nie rozumiem, czemu Ahab tak bardzo pragnął ocalić Viscos — nie dawała za wygraną Chantal. – Kiedyś była to kryjówka łotrów spod ciemnej gwiazdy, dziś to siedlisko tchórzy.

Staruszka z pewnością musiała coś wiedzieć. Trzeba było tylko sprawdzić, czy dowiedziała się tego bezpośrednio od nieznajomego.

– Prawdę powiedziawszy, nie wiem, czy można tu mówić o tchórzostwie – odezwała się Berta. – Myślę, że wszyscy boimy się zmian. Mieszkańcy Viscos pragną wciąż uprawiać ziemię, hodować bydło i owce, udzielać gościny myśliwym czy turystom, i zawsze dokładnie wiedzieć, co zdarzy się jutro, bo nieprzewidywalne są tu jedynie burze i wichury. Być może, jest to sposób na znalezienie spokoju, choć w jednym zgadzam się z tobą: każdy sądzi, że panuje nad wszystkim, gdy tymczasem nie panuje nad niczym.

– To prawda, nie panuje się nad niczym – powtórzyła w zamyśleniu Chantal.   59

– *Nikt nie może dopisać ani jednej joty, ani jednej kropki do tego, co już zapisane* – odezwała się staruszka, cytując Ewangelię. – Wolimy żyć w takiej iluzji, bo to daje nam poczucie bezpieczeństwa.

No cóż, to wybór jak każdy inny, chociaż głupotą jest wierzyć w złudne bezpieczeństwo – to sprawia, że nie jesteśmy przygotowani do życia. W najbardziej nieoczekiwanym momencie trzęsienie ziemi powoduje powstanie gór, piorun powala drzewo zbierające soki, by ponownie odrodzić się wiosną, głupi wypadek na polowaniu kładzie kres życiu uczciwego człowieka.

I po raz setny Berta opowiedziała o okolicznościach śmierci męża. Był on jednym z najbardziej szanowanych przewodników w tym regionie; człowiekiem, który polując nie tyle wyżywał się dziko, ile składał hołd tutejszej tradycji. Dzięki niemu stworzono w Viscos rezerwat dla zwierząt, gmina wydała przepisy chroniące niektóre zagrożone gatunki, zaczęto pobierać opłaty za odstrzelenie każdej sztuki zwierzyny, a płynące stąd zyski przeznaczano na cele służące dobru całej społeczności.

Mąż Berty starał się przekonać młodych myśliwych, że łowiectwo to w pewien sposób sztuka życia. Gdy zjawiał się ktoś zamożny, ale mało doświadczony, zabierał go w ustronne miejsce. Tam na jakimś kamieniu ustawiał pustą puszkę po konserwach. Odchodził na pięćdziesiąt kroków i jednym celnym strzałem wyrzucał ją wysoko w powietrze.

– Jestem najlepszym strzelcem w okolicy – mawiał. – Teraz pan nauczy się strzelać równie celnie jak ja.

Ustawiał ponownie puszkę na kamieniu, odchodził na tę samą odległość, wyciągał szalik z kieszeni i prosił, aby mu zawiązać oczy. Po czym przykładał strzelbę do ramienia i strzelał na ślepo.

– Trafiłem? – pytał, zdejmując z oczu przepaskę.

– Oczywiście, że nie – odpowiadał mu świeżo upieczony myśliwy, zadowolony, że jego pyszałkowaty instruktor tak się ośmieszył. – Kula przeszła bardzo daleko od celu. Nie sądzę, by mógł mnie pan czegokolwiek nauczyć.

– Właśnie dałem panu najważniejszą lekcję życia – odpowiadał wtedy mąż Berty. – Ilekroć zechce pan coś osiągnąć, musi pan mieć oczy szeroko otwarte i skupić się, żeby wiedzieć, czego dokładnie pan pragnie. Nikt nie trafia do celu z zamkniętymi oczami.

Pewnego dnia, gdy ponownie ustawiał puszkę na kamieniu, uczeń stwierdził, że teraz kolej na niego i wypalił za wcześnie. Nie trafił jednak w puszkę, lecz w głowę męża Berty. Nie zdążył odebrać wspaniałej lekcji koncentracji i celowości działania.

– Pójdę już – odezwała się Chantal. – Muszę jeszcze załatwić parę spraw przed wieczorem.

Berta pożegnała ją życzliwie i odprowadziła wzrokiem. Długie lata spędzone przed domem, obserwacja górskich szczytów w oddali, chmur na niebie i ciche rozmowy ze zmarłym mężem nauczyły ją „widzieć" ludzi. Brakowało jej słów, aby nazwać to, co odczuwała w kontaktach z innymi, ale umiała „czytać" w ludziach, znała ich namiętności.

Wszystko zaczęło się w dniu pogrzebu jej wielkiej i jedynej miłości. Płakała, a wtedy stojący obok niej chłopiec – który dzisiaj jest już dorosłym mężczyzną i mieszka daleko stąd – zapytał ją, czemu jest smutna.

Berta nie chciała wystraszyć dziecka opowiadaniem o śmierci i pożegnaniach na zawsze, więc powiedziała tylko, że jej mąż wyjechał i nieprędko wróci do Viscos.

– On panią oszukał – odrzekł chłopiec. – Dopiero co widziałem go ukrytego za grobem. Uśmiechał się i trzymał w ręku łyżkę.

Matka skarciła go surowo. „Dzieci zawsze coś wymyślą" – usprawiedliwiała syna. Jednak Bercie słowa chłopca dały wiele do myślenia. Przestała płakać. Jej mąż jadł zupę tylko swoją ulubioną łyżką. Bertę bardzo to irytowało, bo przecież wszystkie łyżki są jednakowe i mieści się w nich tyle samo zupy. Nigdy nikomu nie mówiła o dziwactwie męża z obawy, że wezmą go za wariata.

Zrozumiała, że chłopiec naprawdę zobaczył jej męża, a łyżka była tego najlepszym dowodem. Dzieci po prostu „widzą" rozmaite rzeczy.

Wtedy postanowiła, że też nauczy się „widzieć", gdyż bardzo chciała porozmawiać z mężem, poczuć go znowu u swojego boku, choćby tylko duchem.

Zamknęła się w domu na cztery spusty. Długi czas spędziła w samotności. Miała nadzieję, że w końcu jej ukochany mąż się pojawi. Pewnego dnia jakieś niejasne przeczucie popchnęło ją na próg domu i odtąd zaczęła patrzeć na ludzi. Zrozumiała, że mąż pragnie, by otworzyła się na życie i uczestniczyła w tym, co dzieje się w miasteczku.

Wystawiła krzesło przed dom i zaczęła przyglądać się okolicy. W Viscos mało ludzi chodziło po uliczkach, jednak tego właśnie dnia sąsiadka wróciła z pobliskiej miejscowości z wieścią, że handlarze sprzedają tam tanio sztućce całkiem dobrej jakości i na dowód wyjęła z koszyka łyżkę.

Berta zdała sobie sprawę, że nigdy więcej nie zobaczy męża, ale skoro prosił ją, by obserwowała tutejsze życie, to uszanuje jego wolę. Z czasem poczuła jego obecność. Miała pewność, że on jest obok, po jej lewej stronie i uczy ją widzenia rzeczy, których inni nie dostrzegają, jak choćby odczytywania wieści z kształtu chmur. Dotrzymywał jej towarzystwa i chronił od niebezpieczeństw, choć gdy starała się spojrzeć wprost na niego, czuła, że jego obecność stawała się mniej intensywna. Wkrótce zorientowała się, że może się z nim porozumiewać za pomocą intuicji, i zaczęli prowadzić długie rozmowy. Trzy lata później potrafiła już „widzieć" to, co myślą inni, a także słyszeć praktyczne rady męża, które wielokrotnie okazały się bardzo użyteczne. Na przykład nie poszła na ustępstwa ubezpieczycielom, którzy chcieli jej wypłacić zbyt niskie odszkodowanie, innym znów razem udało jej się wycofać oszczędności z banku tuż przed jego bankructwem, na czym straciło wielu okolicznych mieszkańców.

Któregoś dnia – nie pamiętała już dokładnie kiedy – ostrzegł ją, że Viscos może zostać zniszczone. W pierwszej chwili pomyślała o trzęsieniu ziemi, o powstaniu nowego łańcucha gór na horyzoncie, ale uspokoił ją, że nic takiego się nie stanie przez najbliższe tysiąc lat. Obawiał się zniszczenia innego rodzaju, choć sam dobrze nie wiedział jakiego. Poprosił ją o zachowanie czujności. Było to przecież jego rodzinne miasto, miejsce, które na tym świecie kochał najbardziej.

Berta zaczęła zwracać coraz baczniejszą uwagę na ludzi, na kształt chmur na niebie, na przyjezdnych, ale nic nie wskazywało na to, że ktoś próbuje z ukrycia zniszczyć Bogu ducha winną mieścinę. Jednak mąż nalegał, by wciąż bacznie obserwowała, a ona spełniała jego wolę.

Trzy dni temu ujrzała nieznajomego przybywającego z demonem u boku i zrozumiała, że jej oczekiwanie dobiegło kresu. Dziś natomiast dostrzegła, że dziewczynie towarzyszył i demon, i anioł. Natychmiast skojarzyła ze sobą obydwa te fakty i doszła do wniosku, że w Viscos dzieje się coś dziwnego.

Uśmiechnęła się do siebie i posłała w lewą stronę dyskretny pocałunek. Nie, nie była nikomu niepotrzebną staruszką, miała ważną misję do spełnienia – musiała ocalić miasto, w którym się urodziła, choć nie wiedziała jeszcze, jak się do tego zabrać.

Chantal zostawiła wdowę zatopioną w myślach i wróciła do domu. Wśród mieszkańców Viscos krążyły plotki, że Berta jest czarownicą. Mówiono, że po śmierci męża zamknęła się w domu na rok, by zgłębiać sztuki magiczne. Jedni twierdzili, że sam diabeł ukazywał się jej nocą, inni opowiadali, że wywoływała ducha celtyckiego kapłana zaklęciami, których nauczyli ją rodzice. Ale nikt się tym zbytnio nie przejmował. Berta była niegroźna i zawsze miała coś ciekawego do powiedzenia. Co do tego wszyscy byli zgodni.

Nagle Chantal zamarła z ręką na klamce do swego pokoju. Słyszała już wiele razy opowieść o tym, jak zginął mąż Berty, jednak dopiero w tej chwili jasno zdała sobie sprawę, że jest to ważna lekcja dla niej samej. Przypomniała sobie swój ostatni spacer przez las. Jaką czuła wtedy głuchą nienawiść! Była gotowa zniszczyć wszystko, co znalazłoby się w zasięgu jej ręki – miasto, jej mieszkańców, ich dzieci i siebie samą, jeśliby zaszła taka potrzeba.

Ale tak naprawdę jedynym celem był nieznajomy. Należało się skoncentrować, strzelić i zabić ofiarę. Musiała obmyślić plan. Byłoby głupotą mówić dzisiaj cokolwiek, skoro sytuacja wymyka się spod kontroli. Chantal postanowiła, że na razie nie wspomni mieszkańcom Viscos o rozmowie z nieznajomym. Może za dzień lub dwa...

Tego wieczoru, gdy jak zwykle nieznajomy płacił za wszystkich, razem z pieniędzmi przemycił
Chantal list. Dziewczyna schowała go do kieszeni,
udając obojętność, choć zauważyła, że mężczyzna
co pewien czas szukał jej niespokojnie wzrokiem.
Teraz role się odwróciły – to ona panowała nad sytuacją, mogła wybierać miejsce i czas walki. Tak
właśnie postępowali wytrawni myśliwi – to oni na-
rzucali warunki, a ofiara sama wpadała w ich sidła.

Dopiero gdy wróciła do domu – z przeczuciem,
że tym razem uśnie spokojnie – przeczytała list.
Nieznajomy prosił ją o spotkanie w miejscu, w którym się poznali.

Kończył list prośbą, by porozmawiali sam na sam,
choć nie miał również nic przeciw obecności wszystkich mieszkańców, jeśli takie byłoby jej życzenie.

Zrozumiała ukrytą aluzję, ale się nie przestra-
szyła. Przeciwnie, była wręcz zadowolona. Dowo-

dziło to, że nieznajomy traci pewność siebie, co nie zdarza się ludziom naprawdę niebezpiecznym. Ahab, człowiek, który wprowadził ład w Viscos, zwykł był mawiać: „Istnieją dwa rodzaje głupców – tacy, których łatwo zastraszyć i przestają działać, i tacy, którzy sądzą, że zdołają czegoś dokonać, gdy zastraszą innych".

Podarła list na strzępy, wrzuciła do klozetu i spuściła wodę. Wzięła gorącą kąpiel i z uśmiechem wskoczyła pod kołdrę. Osiągnęła dokładnie to, czego chciała. Znowu spotka się z nieznajomym sam na sam. Musi poznać go lepiej, jeśli zamierza go pokonać.

Gdy tylko zamknęła oczy, niemal natychmiast zapadła w głęboki, regenerujący sen. Spędziła już jedną noc z Dobrem, drugą z Dobrem i Złem, i trzecią ze Złem. Żadne z nich nie zwyciężyło, ale były w jej duszy i teraz zaczynały między sobą walczyć o to, kto jest silniejszy.

Następnego dnia znowu zerwała się wichura. Kiedy nieznajomy przyszedł na umówione spotkanie, dziewczyna już czekała w strugach ulewnego deszczu.

– Nie będziemy rozmawiać o pogodzie – powiedziała. – Jak pan zdążył zauważyć, pada. Znam miejsce, gdzie możemy się schronić przed ulewą.

Wstała i chwyciła długi płócienny worek.

– Ma pani strzelbę – zauważył nieznajomy.

– Owszem.

– I chce mnie pani zabić.

– Zgadł pan. Nie wiem, czy mi się to uda, ale mam na to wielką ochotę. Jednak wzięłam broń z innego powodu – może się zdarzyć, że spotkam na swej drodze przeklętego wilka, a jeśli go zabiję, zaskarbię sobie szacunek mieszkańców Viscos. Słyszałam jego wycie wczoraj w nocy, choć nikt nie chciał mi wierzyć.

– Przeklęty wilk? O czym pani mówi?

Zastanawiała się przez chwilę, czy powinna być szczera z tym człowiekiem, który – nie zapominała o tym ani na chwilę – jest jej wrogiem. Ale przypomniała sobie, że kiedyś w jakimś podręczniku wschodnich sztuk walki przeczytała (nie lubiła wydawać pieniędzy na książki, więc zawsze czytała te, które zostawiali goście hotelowi, bez względu na gatunek i tematykę), iż najłatwiej osłabić przeciwnika wtedy, gdy się uda się go przekonać, że stoimy po jego stronie.

Szła przed siebie w ulewnym deszczu i opowiedziała nieznajomemu całą historię. Dwa lata temu kowal z Viscos wybrał się na spacer do lasu i w pewnej chwili znalazł się oko w oko z wilkiem i jego młodymi. Chociaż przestraszył się ogromnie, nie stracił zimnej krwi – chwycił leżącą nieopodal grubą gałąź i niewiele myśląc, rzucił się na zwierzę. Zazwyczaj w takiej sytuacji wilk ucieka, ale ten zaatakował. Kowal jednak był silny jak dąb i choć ranny, natarł po raz drugi tak gwałtownie, że zmusił zwierzę do ucieczki. Wilk zniknął z młodymi w gęstwinie i nikt go więcej nie widział. Wiadomo jedynie, że miał białą łatę na lewym uchu.

– Dlaczego jest przeklęty? – spytał nieznajomy.

– Zwierzęta, nawet te najdziksze, zazwyczaj atakują tylko w wyjątkowych okolicznościach, jak na przykład wtedy, gdy muszą bronić swojego potomstwa. Jednak gdy już raz posmakują ludzkiej krwi, stają się bardzo niebezpieczne. Bywa, że przemieniają się wtedy w istnych morderców. W Viscos wszyscy uważają, że ten wilk pewnego dnia znów tu wróci, a wtedy może być niebezpieczny.

„To jest historia o mnie" – pomyślał nieznajomy. Ledwie dotrzymywał jej kroku. Dziewczyna była młodsza, przywykła do długich wędrówek i chciała zyskać nad nim psychiczną przewagę – zmęczyć go i poniżyć.

Dotarli do małego, dobrze zamaskowanego szałasu, który służył myśliwym za kryjówkę podczas polowań. Przycupnęli w środku zdyszani, rozcierając zziębnięte dłonie.

– Czego pan chce? – odezwała się. – Dlaczego napisał pan do mnie ten list?

– Mam dla pani zagadkę. Który dzień w naszym życiu nigdy nie nadchodzi?

Nie znała odpowiedzi, więc milczała.

– Jutro. Ale pani się łudzi, że ten dzień nadejdzie i ciągle odkłada pani na jutro spełnienie mojej prośby. Dziś tydzień dobiega już końca i jeśli pani nic nie powie tutejszym mieszkańcom, sam to zrobię.

Chantal wyszła z szałasu, odeszła na bezpieczną odległość, otworzyła płócienny worek i wyjęła strzelbę. Nieznajomy udawał, że nic go to nie obchodzi.

– Wiem, że zaglądała pani do mojej kryjówki – ciągnął dalej. – Gdyby miała pani napisać książkę o tych przeżyciach, to jak pani sądzi, czy większość czytelników, którzy borykają się na co dzień z kłopotami, cierpią, są niesprawiedliwie traktowani przez los, walczą o dach nad głową, nie mają pieniędzy na szkołę dla dzieci, czasem ledwie wiążą koniec z końcem, czy ci ludzie życzyliby sobie, żeby pani uciekła z tą sztabką złota?

– Nie mam pojęcia – odpowiedziała, nabijając strzelbę.

– Ja również nie. I to jest właśnie odpowiedź, którą chcę poznać.

Umieściła drugi nabój w magazynku.

– Jest pani gotowa mnie zabić. Niech pani nie próbuje mnie zwodzić tą historią o wilku. Zresztą w ten sposób daje mi pani odpowiedź na moje pytanie: ludzie są z gruntu źli, zwyczajna kelnerka z głębokiej prowincji jest w stanie popełnić zbrodnię dla pieniędzy. Umrę, ale znam już odpowiedź. Umrę zadowolony.

– Proszę to wziąć – Chantal podała mu strzelbę.

– Wszystkie podane przez pana do rejestru hotelowego dane są fałszywe, ale nikt o tym nie wie, tylko ja. Może pan wyjechać w każdej chwili. Jeśli dobrze zrozumiałam, ma pan dość pieniędzy, żeby udać się, dokąd dusza zapragnie, nawet na koniec świata.

Żeby zabić, wcale nie trzeba być wyborowym strzelcem, wystarczy skierować lufę w moim kierunku i pociągnąć za spust. To strzelba na grubego zwierza, człowieka też można z niej zabić. Rany wyglądają wprawdzie okropnie, ale może pan odwrócić wzrok, jeśli jest pan wrażliwy na krew.

Położył palec na spuście i wziął dziewczynę na cel. Zaskoczyło ją, że trzyma strzelbę fachowo, niczym doświadczony myśliwy. Stali długo naprzeciw siebie. Chantal była świadoma, że broń może w każdej chwili wypalić – wystarczy jakiś nieoczekiwany hałas czy trzask złamanej gałązki w pobliskich zaroślach. Pomyślała, że zachowała się dziecinnie. Rzuciła wyzwanie dla samej przyjemności sprowokowania nieznajomego, mówiąc mu w twarz, że nie jest zdolny uczynić tego, czego wymaga od innych.

Cały czas trzymał ją na muszce, nie drgnęła mu nawet powieka, nie zadrżały ręce. Jeśli dał się sprowokować i postanowił skończyć z nią raz na zawsze, nie miała szans ucieczki. Już zamierzała prosić o przebaczenie, ale nieznajomy opuścił strzelbę, nim zdążyła otworzyć usta.

— Mogę niemal dotknąć pani strachu — rzekł, oddając jej broń. — Czuję zapach potu, mimo że rozmywa go deszcz, i mimo szumu gałęzi drzew targanych wiatrem słyszę łomot pani serca, które niemal podskakuje do gardła.

— Spełnię pańską prośbę — odezwała się Chantal, udając, że go nie usłyszała, bo nie chciała żeby wiedział, iż przejrzał ją na wskroś. — A właściwie już ją spełniłam. Przecież przybył pan do Viscos, aby dowiedzieć się czegoś więcej o swojej naturze, aby poznać, czy jest pan dobry, czy zły. Udowodniłam panu przynajmniej jedno: przed chwilą mógł pan pociągnąć za spust, ale pan tego nie zrobił. Dlaczego? Bo jest pan tchórzem. Posługuje się pan innymi, żeby rozwiązać własne problemy, bo nie jest pan zdolny rozwiązać ich sam. Traktuje pan ludzi jak zwierzęta doświadczalne, jak szczury w laboratorium.

— Pewien niemiecki filozof powiedział kiedyś: „Nawet Bóg ma swoje piekło — jest nim Jego miłość do ludzi". Nie, nie jestem tchórzem. Uważa pani, że bałem się wystrzelić, że onieśmielił mnie kontakt z tą strzelbą? To nieprawda. Produkowałem broń dużo lepszą niż ta i rozsyłałem ją po całym świecie. Działałem w sposób legalny, zawierałem transakcje zgodne z prawem, opłacałem cło i należne podatki. Poślubiłem kobietę, którą kochałem, miałem dwie śliczne córeczki, nigdy nie ukradłem ani grosza z firmy i potrafiłem zawsze wyegzekwować należności.

W przeciwieństwie do pani, która uważa się za osobę prześladowaną przez los, zawsze potrafiłem skutecznie działać, stawiać czoło wielu przeciwnościom. Niektóre bitwy przegrywałem, inne wygrywałem, ale przecież to normalne, każdy w życiu odnosi i zwycięstwa i porażki, z wyjątkiem tchórzy, jak ich pani nazywa, bo oni nigdy nie wygrywają ani nie przegrywają.

Dużo czytałem. Chodziłem do kościoła. Bałem się Boga i żyłem zgodnie z Jego przykazaniami. Świetnie zarabiałem jako dyrektor gigantycznej firmy. Na dodatek otrzymywałem prowizję od każdej przeprowadzonej transakcji, a więc miałem dość pieniędzy, by zapewnić godziwy byt żonie, córkom, a nawet wnukom i prawnukom. Handel bronią, jak pani zapewne wie, przynosi ogromne zyski. Znałem wartość każdej serii, którą sprzedawałem, bo osobiście nadzorowałem swoje interesy. Wykryłem wiele przypadków korupcji, zwolniłem sporo ludzi, zrywałem podejrzane transakcje. Uważałem, że moja broń służy obronie ładu, zapewnia postęp i rozwój ludzkości. Tak myślałem...

Nieznajomy zbliżył się do Chantal, chwycił ją za ramiona – chciał, aby patrzyła na niego i uwierzyła, że mówi prawdę.

– Pewnie uważa pani, że producenci broni są najgorszymi ludźmi pod słońcem. Może ma pani rację, ale faktem jest, że człowiek się nią posługiwał od epoki jaskiniowej – z początku by polować na zwierzęta, potem by zdobyć przewagę nad innymi. Świat mógł istnieć bez rolnictwa, bez hodowli, bez religii, bez muzyki, ale nigdy bez broni.

Podniósł z ziemi kamień.

– Proszę spojrzeć. Oto pierwsza broń podarowana wspaniałomyślnie przez Matkę Naturę tym, którzy w czasach prehistorycznych musieli bronić się przed dzikimi zwierzętami. Kamień taki jak ten ocalił może jakiegoś człowieka, a z tego człowieka po wielu niezliczonych pokoleniach zrodziliśmy się pani i ja. Gdyby nie ten kamień, jakiś drapieżnik pożarłby naszego odległego przodka i setki milionów ludzi nigdy nie pojawiłoby się na tym świecie.

Wiatr smagał ich bezlitośnie, z nieba lały się strugi deszczu. Chantal słuchała z zapartym tchem, patrząc nieznajomemu prosto w oczy.

– Sama pani wie, jak się sprawy mają: myśliwych w Viscos przyjmuje się z otwartymi ramionami, bo cały region z nich żyje. Zazwyczaj ludzie nie znoszą corridy, co wcale nie przeszkadza im w kupowaniu mięsa wołowego, tłumacząc sobie, że zwierzę miało w rzeźni „godną" śmierć. Tak samo zachowują się ci wszyscy, którzy potępiają producentów broni, a jednocześnie popierają ich działalność, bo dopóki istnieje na świecie choć jeden karabin, to musi być i drugi, inaczej równowaga sił zostałaby niebezpiecznie zachwiana.

– Co to ma wspólnego z moim miastem? – spytała Chantal. – Co to ma wspólnego z łamaniem przykazań, ze zbrodnią, z kradzieżą, z istotą ludzkiej natury, z Dobrem i Złem?

Nieznajomy spuścił wzrok, jakby nagle zalała go fala bezbrzeżnego smutku.

– Proszę sobie przypomnieć, co powiedziałem na początku: starałem się zawsze prowadzić interesy zgodnie z prawem, uważałem siebie za kogoś, o kim się mówi „porządny człowiek". Pewnego dnia odebrałem w biurze telefon. Kobiecy głos, delikatny, ale pozbawiony jakichkolwiek emocji, poinformował mnie, że grupa terrorystów porwała moją żonę i córki. Żądali okupu: dużej ilości broni. Gdybym się sprzeciwił lub zawiadomił policję, moim bliskim stałaby się krzywda.

Kobieta nakazała mi, bym pół godziny później czekał na stacji kolejowej we wskazanej budce telefonicznej, i przerwała połączenie. Poszedłem tam i ten sam głos w słuchawce powtórzył, żebym się niczego nie obawiał, że żona i córki są dobrze traktowane i wkrótce zostaną uwolnione. Ja miałem tylko wysłać faksem polecenie dostawy do jednej z naszych filii w pewnym kraju. Tak naprawdę nie chodziło nawet o kradzież, ale o sfingowaną sprzedaż, której pewnie nikt w mojej firmie by nie zauważył.

Jak przystało na praworządnego obywatela, od razu zadzwoniłem na policję. I w tym momencie przestałem być panem siebie i swojego losu, nie mogłem podejmować decyzji, przemieniłem się w człowieka niezdolnego do obrony własnej rodziny. W moim imieniu działał cały sztab ludzi. Technicy podłączyli podziemnym kablem kabinę telefoniczną na dworcu z najnowocześniejszym sprzętem, pozwalającym na lokalizację kryjówki porywaczy. Helikoptery czekały gotowe do startu, policyjne radiowozy zajęły strategiczne pozycje, tamując ruch w całym mieście, wytrenowani i uzbrojeni po zęby ludzie stali w pogotowiu.

Dwa rządy na dwóch odległych kontynentach zostały powiadomione o sprawie i zabroniły jakichkolwiek negocjacji. Ja miałem być tylko posłuszny poleceniom władz, powtarzać porywaczom dyktowane mi słowa i zachowywać się zgodnie z instrukcjami.

Nie minął dzień i ludzie z brygady antyterrorystycznej okrążyli kryjówkę, gdzie trzymano zakładników. Porywacze – dwaj młodzi mężczyźni i dziewczyna, zwykłe pionki potężnej organizacji politycznej – zostali zabici, podziurawieni kulami jak sito. Jednak tuż przed śmiercią zdążyli jeszcze zabić moją żonę i córki. Skoro nawet Bóg ma swoje piekło, jakim jest Jego miłość do ludzi, to tym bardziej człowiek ma piekło w zasięgu ręki – jest nim miłość do własnej rodziny.

Zamilkł w obawie, że zdradzi uczucia, które za wszelką cenę chciał ukryć. Po chwili wziął się w garść i ciągnął dalej:

– Zarówno policja, jak i porywacze użyli broni wyprodukowanej przez jedną z moich fabryk. Nikt nie wie, jak trafiła do rąk terrorystów, i nie ma to najmniejszego znaczenia. Pomimo mojej ostrożności, wszelkich starań, aby wszystko odbywało się zgodnie z najsurowszymi normami produkcji i sprzedaży, moja żona i córki zostały zabite z broni, którą kiedyś sprzedałem, zapewne podczas biznesowego obiadu w jakiejś drogiej restauracji, kiedy rozprawiałem ze swadą o pogodzie bądź o polityce.

Znowu zamilkł. Gdy na nowo podjął temat, wydawał się być już innym człowiekiem, który mówi jak ktoś, kto nie miał z tym wszystkim nic wspólnego.

– Znam dobrze broń i amunicję, której użyto do zabicia mojej rodziny, i wiem, gdzie celowano – w klatkę piersiową. Wystrzelona kula robi zaledwie

75

niewielką dziurkę, mniejszą od pani małego palca. Ale gdy natrafi na pierwszą kość, rozpada się na cztery kawałki, z których każdy pędzi w innym kierunku i rozrywa wszystko, co napotka na swej drodze: nerki, serce, wątrobę, płuca. Ilekroć zetknie się z czymś, co stawia opór, jak choćby kości kręgosłupa, zmienia ponownie kierunek, kończąc dzieło wewnętrznego spustoszenia i jak pozostałe odłamki wylatuje dziurą wielkości pięści, rozbryzgując dookoła krwawe strzępy.

Wszystko to nie trwa nawet sekundy. Jedna sekunda wydaje się niczym, ale w chwili śmierci czas płynie inaczej. Mam nadzieję, że pani to rozumie...

Chantal skinęła potakująco głową.

– Po tym wszystkim rzuciłem pracę – mówił dalej nieznajomy. – Włóczyłem się po całym świecie, opłakując w samotności moją tragedię i próbując zrozumieć, jak istota ludzka może być zdolna do takiego zła. Straciłem to, co dla człowieka najważniejsze – wiarę w bliźnich. Śmiałem się i płakałem nad ironią Boga, który pokazał mi w najbardziej absurdalny sposób, że jestem narzędziem Dobra i Zła.

Dzisiaj moje serce jest puste. Żyć czy umrzeć – nie ma to dla mnie znaczenia. Ale przez pamięć dla żony i córek muszę pojąć, co zdarzyło się wtedy naprawdę w kryjówce porywaczy. Rozumiem, że można zabić z nienawiści czy z miłości, ale zabijać bez powodu, w imię jakiejś ideologii? Czy to możliwe?

Być może, cała ta historia wyda się pani zbyt uproszczona, w końcu każdego dnia ludzie zabijają się nawzajem dla władzy czy dla pieniędzy, ale ja myślę tylko o mojej żonie i córkach. Chcę wiedzieć, o czym myśleli terroryści. Chcę wiedzieć, czy chociaż przez maleńką chwilę czuli dla mojej żony i dzieci bodaj cień litości, czy zamierzali je wypuścić, czy w przebłysku współczucia chcieli im darować życie – bo przecież ich wojna nie dotyczyła mojej rodziny. Chcę wiedzieć, czy istnieje jakiś ułamek sekundy, w którym Dobro mierzy się ze Złem, ułamek sekundy, w którym Dobro ma szansę zwyciężyć.

– Ale dlaczego wybrał pan do tego Viscos? Dlaczego moje miasto?

– A dlaczego użyto broni z mojej fabryki, skoro na świecie istnieje tyle innych, czasami całkiem nielegalnych? Odpowiedź jest prosta: przez przypadek. Szukałem małej miejscowości, gdzie wszyscy się znają i są sobie życzliwi. W chwili gdy poznają wartość nagrody, Dobro i Zło znowu zmierzą się ze sobą i to, co zdarzyło się wtedy, zdarzy się w waszym miasteczku.

Terroryści byli już wtedy okrążeni i na straconej pozycji, a mimo to zabili trzy niewinne istoty, aby dopełnić niepotrzebnego, okrutnego obowiązku. Tutejsza społeczność ma coś, co mnie nie zostało dane: możliwość wyboru. Mieszkańców trapi brak pieniędzy, wolno im wierzyć, że ich misją jest ochrona i ratowanie miasta, a w dodatku mają prawo zadecydować, czy zabiją zakładnika. Interesuje mnie tylko jedno: czy inni ludzie postąpiliby inaczej niż tamci straceńcy.

Jak już pani powiedziałem podczas naszego pierwszego spotkania, historia jednego człowieka jest historią całej ludzkości. Jeśli się przekonam, że ludzie są zdolni do miłosierdzia, zrozumiem, że los obszedł się wprawdzie ze mną okrutnie, ale że czasem bywa łaskawy dla innych. To w niczym nie zmniejszy mojej rozpaczy, nie przywróci mi rodziny, ale przepędzi demona, który pozbawia mnie wszelkiej nadziei.

– A dlaczego chce pan wiedzieć, czy jestem zdolna do kradzieży?

– Z tego samego powodu. Być może dzieli pani grzechy na lekkie i ciężkie, ale to wielki błąd. Wydaje mi się, że terroryści również wprowadzili taki podział. Sądzili, że zabijają dla sprawy, a nie dla przyjemności, z miłości, z nienawiści czy dla pieniędzy. Jeśli ukradnie pani sztabkę złota, będzie pani musiała wytłumaczyć się z tego przestępstwa najpierw przed sobą, potem przede mną, a ja może wtedy zrozumiem, jak zabójcy rozgrzeszyli siebie za mord na moich najbliższych. Musiała pani zauważyć, że od lat próbuję zrozumieć, co się tam stało. Nie wiem, czy przyniesie mi to spokój, ale nie widzę innego rozwiązania.

– Jeśli ukradnę złoto, nigdy więcej mnie pan nie zobaczy.

Po raz pierwszy podczas tej rozmowy na ustach nieznajomego pojawił się cień uśmiechu.

– Proszę nie zapominać, że pracowałem kiedyś w przemyśle zbrojeniowym, a to oznacza współpracę z tajnymi służbami...

Poprosił Chantal, by go odprowadziła nad strumień. Stracił orientację i obawiał się, że sam nie trafi z powrotem do Viscos. Dziewczyna wzięła strzelbę (pożyczyła ją od znajomego pod pretekstem, że z nudów chce trochę poćwiczyć strzelanie) i schowała ją do płóciennego worka.

W drodze powrotnej nie zamienili ani słowa.

Nad strumieniem nieznajomy zatrzymał się.

– Do widzenia. Rozumiem powody, dla których pani to odwleka, ale nie mogę czekać dłużej. Wiem, że musiała mnie pani lepiej poznać, by walczyć przeciwko sobie samej – teraz już mnie pani zna. Jestem człowiekiem wędrującym przez świat z demonem u boku. Aby go wreszcie zaakceptować, czy też przegnać raz na zawsze, muszę sobie odpowiedzieć na kilka pytań.

W piątek bar był pełen. Kiedy rozległo się natarczywe dzwonienie widelca o szklankę, wszyscy goście odwrócili się i umilkli. Okazało się, że to panna Prym prosiła o ciszę. Nigdy jeszcze w historii tego miasteczka dziewczyna, której jedynym zadaniem było obsługiwanie klientów, nie odważyła się na coś takiego.

„Lepiej żeby miała coś ważnego do powiedzenia – pomyślała właścicielka hotelu. – Jeśli nie, to zwolnię ją jeszcze dzisiaj, chociaż obiecałam jej babce, że nigdy nie zostawię Chantal bez oparcia".

– Wysłuchajcie mnie, proszę – odezwała się panna Prym. – Opowiem wam historię, którą zapewne wszyscy znają, z wyjątkiem obecnego tu gościa. Potem opowiem wam drugą historię, której nie zna nikt oprócz naszego gościa. Gdy skończę, sami osądzicie, czy postąpiłam słusznie, zakłócając wam ten miły wieczór.

„Cóż za tupet! – pomyślał ksiądz. – Przecież ta dziewczyna nie może wiedzieć więcej niż my. To biedna sierota bez środków do życia, a ryzykuje utratę posady. Cóż, posłuchajmy. Później postaram się przekonać właścicielkę hotelu, by nie wyrzucała Chantal z pracy. Chyba mi nie odmówi. Wszyscy mamy na sumieniu jakieś drobne grzechy, przez dwa czy trzy dni jesteśmy pełni skruchy, ale wkrótce grzeszymy znowu. A zresztą kto inny mógłby pracować w barze? To zajęcie dla młodych, a w Viscos prócz Chantal innych młodych nie ma".

– W Viscos są trzy ulice, mały plac z krzyżem, kilka domów popadających w ruinę, kościół z cmentarzem... – zaczęła Chantal.

– Chwileczkę! – przerwał nieznajomy.

Wyjął z kieszeni dyktafon, włączył go i postawił na stole.

– Interesuje mnie wszystko, co dotyczy historii Viscos. Nie chciałbym uronić ani słowa, więc mam nadzieję, iż nie będzie pani przeszkadzało, że nagrywam.

Chantal było to obojętne – nie miała czasu do stracenia. Od wielu godzin walczyła z własnymi obawami, ale kiedy zebrała się już na odwagę, nic nie było w stanie jej powstrzymać.

– W Viscos są trzy ulice, mały plac z krzyżem pośrodku, kilka domów chylących się ku upadkowi, kilka innych dobrze utrzymanych, hotel, skrzynka pocztowa na słupie, kościół z małym cmentarzem... – zaczęła raz jeszcze.

Ten opis był pełniejszy. Nabierała coraz większej pewności siebie.

– Jak wszyscy wiemy, było to niegdyś siedlisko bandytów, aż do dnia, gdy nasz wielki prawodawca Ahab, nawrócony przez świętego Sawina, zdołał przekształcić Viscos w miejscowość zamieszkaną przez ludzi dobrej woli.

Przypomnę teraz o tym, o czym nie wie nasz gość, a mianowicie, jak Ahab osiągnął swój cel. Ponieważ znał dobrze ludzką naturę, wiedział, że jego poddani mylić będą uczciwość ze słabością i wkrótce zaczną wątpić w jego potęgę. Dlatego nie próbował nikogo przekonywać. Sprowadził cieśli z sąsiedniego miasteczka. Dniem i nocą, przez blisko dziesięć dni, mieszkańcy słyszeli zgrzytanie pił i stukanie młotków. Po upływie dziesięciu dni pośrodku placu, tam gdzie dziś jest krzyż, stanęło gigantyczne rusztowanie przykryte płótnem. Ahab zwołał mieszkańców Viscos na inaugurację tajemniczego obiektu.

Uroczystym gestem, bez zbędnych przemów, ściągnął płótno, spod którego wyłoniła się szubienica gotowa do użycia, ze stryczkiem i klapą, pokryta pszczelim woskiem, by długo mogła opierać się niepogodom. Korzystając z obecności wszystkich mieszkańców, Ahab odczytał zbiór praw chroniących wieśniaków uprawiających ziemię, zachęcających do hodowli bydła i owiec, pozwalających nagradzać kupców otwierających w Viscos nowe kantory. Dodał, iż odtąd każdy będzie musiał zająć się uczciwą pracą albo opuścić miasteczko. Powiedział tylko to, ani słowem nie wspominając o świeżo odsłoniętej szubienicy. Nie wierzył w moc gróźb.

Pod koniec ceremonii ludzie podzielili się na małe grupki. Większość była zdania, że Ahab został omamiony przez świętego, nie ma już tej odwagi co kiedyś i, krótko mówiąc, należy się go jak najszybciej pozbyć. W ciągu następnych dni toczono wiele dyskusji, jak by tu Ahaba pozbawić władzy. Ale wszystkich zastanawiała stojąca pośrodku placu szubienica, którą codziennie – czy tego chcieli czy nie – musieli oglądać. Po co ona tam jest? Czyżby wzniesiono ją po to, by zgładzić tych, którzy nie godzą się na nowe prawa? Kto jest za, a kto przeciw Ahabowi? Czy są pośród nas szpiedzy? – pytali samych siebie.

Szubienica spoglądała na ludzi i ludzie spoglądali na szubienicę. Z czasem miejsce początkowej brawury buntowników zajął strach. Wszyscy znali sławę Ahaba i jego nieugięty charakter. Niektórzy opuścili miasteczko, inni zdecydowali się żyć uczciwie, może dlatego że nie mieli dokąd pójść, a może z powodu szubienicy, wznoszącej się na środku placu. Po latach w Viscos na dobre zapanował spokój. Rozkwitł handel, zaczęto eksportować wełnę najwyższego gatunku i uprawiać pszenicę pierwszorzędnej jakości.

Szubienica stała na swoim miejscu przez dziesięć lat. Drewno dobrze znosiło upływ czasu, ale stryczek zmieniano parokrotnie. Ani razu jej nie użyto. Ahab nigdy nawet o niej nie wspomniał. Wystarczył tylko jej cień, by przemienić zuchwałość w strach, zaufanie w podejrzenia, pyszałkowate opowieści w ciche posłuszeństwo. Po upływie dziesięciu lat, gdy prawo na dobre zadomowiło się w Viscos, Ahab kazał ją rozebrać, a z resztek drewna postawić krzyż.

Chantal przerwała na chwilę swoje opowiadanie. Zapanowała zupełna cisza. Nagle nieznajomy zaczął klaskać.

– Cóż za piękna historia! – wykrzyknął. – Ahab naprawdę znał ludzką naturę. To przecież nie chęć stosowania się do reguł prawa sprawia, że wszyscy zachowują się tak, jak nakazuje społeczny obyczaj, lecz strach przed karą. Każdy z nas nosi w sobie taką małą szubienicę.

– Dzisiaj, ponieważ ten nieznajomy człowiek mnie o to poprosił, wyrywam ten krzyż i znów stawiam na placu szubienicę – ciągnęła dalej dziewczyna.

– Carlos, a nie żaden nieznajomy – oburzył się ktoś z boku. – On nazywa się Carlos i byłoby grzeczniej tak o nim mówić.

– Nie znam jego imienia. Wszystkie dane w formularzu hotelowym są fałszywe. Nigdy za nic nie płacił kartą kredytową. Nie wiemy, skąd przybył ani dokąd zmierza, nawet telefon na lotnisko mógł być fikcją.

Wszyscy spojrzeli na nieznajomego, a on wpatrywał się w Chantal, która nie bacząc na nic ciągnęła dalej.

– Jednak gdy mówił prawdę, wyście mu nie wierzyli. Rzeczywiście kierował fabryką broni, wiele przeżył, wcielał się w różne postacie: od kochającego ojca po bezwzględnego negocjatora. Wy, którzy mieszkacie tutaj, nie zdajecie sobie sprawy, że życie bywa o wiele bardziej złożone i bogate, niż wam się wydaje.

„Lepiej niech już przejdzie do rzeczy" – pomyślała właścicielka hotelu. Chantal, jakby czytając w jej myślach, przeszła do sedna sprawy:

– Cztery dni temu ten człowiek pokazał mi dziesięć sztabek złota. Mogłyby one zapewnić byt wszystkim mieszkańcom Viscos przez najbliższe trzydzieści lat. Dzięki nim można by wiele dokonać: remonty, budowę placu zabaw dla dzieci, w nadziei, że kiedyś się urodzą, i wypełnią śmiechem i radością to miejsce. Ale potem ukrył te sztabki gdzieś w lesie, sama nie wiem gdzie.

Wszyscy spojrzeli znowu na nieznajomego, a on skinieniem głowy potwierdził słowa Chantal, która mówiła dalej:

– Jeśli w ciągu najbliższych trzech dni ktoś zostanie tu zamordowany, to złoto będzie należeć do Viscos. Jeśli nikt nie zginie, nieznajomy odejdzie wraz ze swoim skarbem.

To wszystko, co miałam do powiedzenia. Na nowo wzniosłam szubienicę na głównym placu Viscos. Tym razem nie stanęła tam po to, abyśmy uniknęli zbrodni, ale po to, by zawisł na niej niewinny człowiek. Jego poświęcenie zapewni miastu rozkwit i dobrobyt.

Na nieme pytanie gości nieznajomy znów skinął głową.

– Ta dziewczyna umie opowiadać – odezwał się, wyłączając dyktafon i chowając go do kieszeni.

Chantal wróciła do swojej pracy i zaczęła zmywać kieliszki. Zdawało się, że w Viscos czas się zatrzymał, nie padło żadne słowo. W głębokiej ciszy dziwnie głośno szemrała woda, płynąca z kranu, dźwięczało szkło stawiane na marmurowym blacie, za oknami wiatr szumiał w gałęziach bezlistnych drzew.

Pierwszy odezwał się burmistrz.

– Trzeba natychmiast wezwać policję!

– Wspaniały pomysł – rzekł nieznajomy. – Proszę nie zapominać, że nagrałem każde słowo. Ja powiedziałem jedynie: „Ta dziewczyna umie opowiadać".

– Proszę pójść do swego pokoju, spakować rzeczy i natychmiast opuścić miasto – rozkazała tonem nie znoszącym sprzeciwu właścicielka hotelu.

– Zapłaciłem za cały tydzień i zostanę przez tydzień. Wzywanie policji niczego nie zmieni.

– Nie przyszło panu do głowy, że to pan może zostać ofiarą?

– Owszem. I nie ma to dla mnie najmniejszego znaczenia. Warto tylko pamiętać, że jeśli tak uczynicie, popełnicie zbrodnię, ale nagroda przejdzie wam koło nosa.

Bywalcy baru powoli zaczęli się rozchodzić do domów. W końcu zostali tylko Chantal i nieznajomy. Dziewczyna wzięła torebkę, włożyła płaszcz, zanim jednak wyszła, odwróciła się i powiedziała:

– Jest pan człowiekiem, który wiele wycierpiał i pragnie zemsty. Pańskie serce jest martwe, a dusza błąka się w ciemnościach. Demon, który panu towarzyszy, uśmiecha się, bo przystąpił pan do gry, której zasady on narzucił.

– Dziękuję za spełnienie mojej prośby. I za ciekawą i prawdziwą historię o szubienicy.

– W lesie powiedział mi pan, że chce znaleźć odpowiedź na kilka pytań, ale w myśl pańskiego planu tylko Zło będzie nagrodzone. Jeśli nikt nie zostanie zabity, Dobro, poza chwałą, nic na tym nie zyska. A jak pan wie, chwała nie napełni pustego żołądka i nie uratuje podupadającej mieściny. Pan nie szuka odpowiedzi na pytania, lecz potwierdzenia tezy, w którą rozpaczliwie chce pan wierzyć – tezy, że wszyscy ludzie są źli.

Coś w spojrzeniu nieznajomego się zmieniło i Chantal to dostrzegła.

– Jeśli wszyscy ludzie są źli, to tragedia, która pana dotknęła, ma swoje wytłumaczenie – ciągnęła dalej. – Łatwiej będzie panu pogodzić się ze stratą żony i córek. Ale jeśli istnieją też ludzie dobrzy, to pańskie życie stanie się nie do zniesienia – chociaż się pan przed tym broni – bo los zastawił na pana pułapkę, a pan wie, że na to nie zasłużył. Wcale nie szuka pan światła. Chce się pan upewnić, że nie ma nic poza ciemnością.

– Do czego pani zmierza? – jego głos zdradzał zdenerwowanie, nad którym usilnie starał się zapanować.

– Do sprawiedliwszego zakładu. Jeśli w ciągu trzech dni nikt nie zostanie zabity, miasto i tak dostanie dziesięć sztabek złota. W nagrodę za prawość jego mieszkańców.

Nieznajomy uśmiechnął się.

– A ja dostanę moją sztabkę, jako zapłatę za udział w tej podłej grze – zakończyła dziewczyna.

– Nie jestem głupi. Gdybym przystał na ten zakład, od razu rozpowiedziałaby pani o tym całemu światu.

– W tym tkwi ryzyko. Ale nie zrobię tego. Przysięgam na głowę mojej babki i na moje wieczne zbawienie.

– To nie wystarczy. Nikt nie wie, czy Bóg słucha naszych przysiąg ani czy istnieje zbawienie wieczne.

– Będzie pan wiedział, że tego nie zrobiłam, bo

wzniosłam tu nową szubienicę. Łatwo będzie wykryć jakiekolwiek krętactwo. Zresztą gdybym jutro skoro świt powtórzyła wszystkim to, o czym teraz rozmawiamy, nikt by mi nie uwierzył. To tak jakby ktoś przybył do Viscos i powiedział: „To złoto jest dla was bez względu na to, czy spełnicie życzenie tego człowieka, czy nie zrobicie nic". Tutejsi ludzie przyzwyczajeni są do ciężkiej pracy, do walki w pocie czoła o każdy grosz i nigdy nie uwierzą, że złoto samo spada z nieba.

Nieznajomy zapalił papierosa, dopił kieliszek wina i wstał. Chantal czekała na odpowiedź w otwartych drzwiach. Chłód wdzierał się do baru.

– Proszę ze mnie nie drwić – odezwał się. – Umiem dawać sobie radę z ludźmi, tak samo jak wasz Ahab.

– Nie mam co do tego wątpliwości. Czyli wyraża pan zgodę?

Po raz kolejny tego wieczoru tylko kiwnął głową.

– I jeszcze jedno. Pan wciąż wierzy, że człowiek może być dobry. W przeciwnym razie nie uknułby pan tej głupiej intrygi.

Chantal zamknęła za sobą drzwi i nagle wybuchnęła szlochem. Chcąc nie chcąc, została wplątana w tę grę. Postawiła na ludzką dobroć, mimo całego zła świata. Nigdy nie powie nikomu o swojej ostatniej rozmowie z nieznajomym, bo teraz i ona była ciekawa wyniku tego zakładu.

Intuicja podpowiadała jej, że zza firanek, z pogrążonych w ciemności okien śledzą ją wszyscy mieszkańcy Viscos. Ale było jej to obojętne. W takich ciemnościach nikt nie mógł dojrzeć łez spływających po jej twarzy.

Hotelowy gość otworzył okno w swoim pokoju. Miał nadzieję, że nocny chłód choć na chwilę uciszy jego demona, wzburzonego słowami dziewczyny. Po raz pierwszy od wielu lat czuł, że jego demon słabnie. Parę razy dostrzegł, że się oddala, by już niebawem wrócić, ani silniejszy, ani słabszy – taki sam jak zwykle. Zamieszkał w lewej półkuli jego mózgu, tam gdzie logika i rozum. Mężczyzna starał się go sobie wyobrazić na tysiąc różnych sposobów, od diabła z rogami i ogonem począwszy, a skończywszy na ponętnej blondynce. Przyjął wariant młodej dwudziestoparoletniej dziewczyny, ubranej w czarne spodnie, niebieską bluzkę i zielony beret niedbale przekrzywiony na ciemnej czuprynie.

Po raz pierwszy usłyszał go na wyspie, gdzie pojechał w poszukiwaniu ukojenia, gdy porzucił pracę. Siedział na plaży, próbując uwierzyć, że ból minie z czasem, gdy nagle ujrzał przepiękny zachód słońca. Rozpacz napłynęła falą silniejszą niż zwykle. Tak bardzo pragnął, żeby jego żona i córki też mogły się rozkoszować tym pięknem. Wstrząsnął nim szloch. Pojął, że jego żałoba nie będzie miała końca.

Wtedy jakiś miły, serdeczny głos powiedział mu, że nie jest sam, że to, co się zdarzyło w jego życiu, ma swój sens. A ten sens tkwi w uzmysłowieniu sobie tego, iż los każdego z nas jest z góry przesądzony. Tragedia może wtargnąć w życie każdego człowieka, a nasze uczynki nie mają wpływu na pasmo nieszczęść, które nas czeka.

„Dobro nie istnieje, a cnota to tylko jedno z obliczy strachu – mówił ten głos. – Gdy człowiek to zrozumie, zda sobie również sprawę, że ten świat to igraszka Boga".

Wkrótce potem głos, który utrzymywał, że jest panem świata i jedynym znawcą splotu wydarzeń na ziemskim padole, zaczął mu opowiadać o osobach znajdujących się na plaży obok niego. Ten ojciec rodziny, który właśnie składa parasol i pomaga się dzieciom ubrać, ma ochotę na romans z sekretarką, ale obawia się reakcji żony. Jego żona chciałaby spełnić się zawodowo i stać się niezależna, ale boi się sprzeciwu despotycznego męża. Czy te dzieci zachowywałyby się tak grzecznie, gdyby nie wisiało nad nimi widmo kary? Ta samotna dziewczyna czytająca książkę w cieniu parasola, udająca znudzenie – jest przerażona perspektywą staropanieństwa. Równie przerażony jest ten chłopak z rakietą tenisową, intensywnie doskonalący swoje ciało, by sprostać oczekiwaniom rodziców. Uśmiechnięty od ucha do ucha kelner serwujący bogatym klientom tropikalne koktajle – niepokoi się, że w każdej chwili mogą wyrzucić go z pracy. Ta nastolatka marzy o karierze baletnicy, ale będzie studiować prawo w obawie przed krytyką sąsiadów. Ten starzec twierdzi, że czuje się świetnie, od czasu gdy przestał pić i palić, choć w istocie strach przed śmiercią zawładnął nim całkowicie. Ta młoda para, która biegnie brzegiem morza, rozpryskując stopami wodę – oboje kryją pod maską uśmiechu drążącą ich obawę, że wkrótce się zestarzeją, staną się brzydcy i niedołężni. Ten opalony mężczyzna, który zakotwiczył swoją żaglówkę nieopodal brzegu tak, by wszyscy zwrócili na niego uwagę – wpada w panikę na myśl o tym, że notowania jego papierów wartościowych na giełdzie mogłyby z dnia na dzień spaść na łeb na szyję. Właściciela hotelu, przyglądającego się tej sielance z okien swego biura, paraliżuje lęk przed ludźmi z kontroli skarbowej, bo choć pracuje rzetelnie, oni zawsze znajdą jakieś niedopatrzenia.

W każdej z tych osób na cudownej plaży, o przepięknym zachodzie słońca, mieszkał strach. Strach przed samotnością; strach przed ciemnością, która zapełnia wyobraźnię demonami; strach przed zrobieniem czegokolwiek, co wykracza poza ramy dobrego wychowania; strach przed Boskim sądem; strach przed ludzką oceną; strach przed sprawiedliwością, która nieubłaganie wytyka najmniejszy błąd; strach przed ryzykiem i przegraną; strach przed powodzeniem i ludzką zawiścią; strach przed miłością i odrzuceniem; strach przed prośbą o podwyżkę, przed przyjęciem zaproszenia, przed podróżą w nieznane, przed zmianami, przed starością, przed śmiercią; strach, że ktoś wytknie nam wady, że nikt nie doceni naszych zalet; strach, że nikt nas nie zauważy mimo naszych wad i zalet...

Strach, strach, strach! Życie to dyktatura obez-władniającego strachu, cień gilotyny. „Mam nadzie-ję, że to cię uspokoi – szepnął mu demon do ucha. – Wszyscy są przerażeni, nie jesteś sam. Jedyna różni-ca polega na tym, że ty masz już najgorsze za sobą. To, czego się obawiałeś najbardziej, stało się rzeczy-wistością. Ty nie masz już nic do stracenia, nato-miast ci ludzie żyją w ciągłym strachu. Jedni są go bardziej świadomi, inni próbują go nie dopuścić do głosu, odsunąć od siebie, ale wszyscy wiedzą, że wszechobecny strach w końcu ich dopadnie".

Choć mogło się to wydawać niewiarygodne, sło-wa te sprawiły mu ulgę, tak jakby cierpienie innych ukoiło jego własny ból. Odtąd coraz częściej sły- szał podszepty demona. Dzielił z nim swoje życie, a to, że demon całkowicie zawładnął jego duszą, nie sprawiało mu ani smutku, ani radości. Oswajał się z jego obecnością i starał się dowiedzieć czegoś więcej o źródle Zła, ale na żadne z pytań nie znaj-dował jasnej odpowiedzi.

„Na próżno próbujesz odkryć, dlaczego istnieję – szeptał demon. – Chcesz wyjaśnienia? Po prostu jestem jedynym sposobem, jaki Bóg odkrył, by ukarać samego siebie za to, że w chwili nieuwagi zdecydował się stworzyć wszechświat".

Ponieważ demon nie mówił wiele o sobie, męż-czyzna zaczął zbierać wszelkie możliwe informacje na temat piekła. Odkrył, że w większości religii ist-niało „miejsce kary", dokąd udawała się dusza nieśmiertelna, gdy popełniła jakieś przewinienia wobec społeczności (wyglądało na to, że dotyczyło to społeczności, a nie jednostki). Wedle jednej z tradycji duch oddzielony od ciała przeprawiał się na drugi brzeg rzeki, napotykał psa i przekraczał bramę, która zatrzaskiwała się za nim raz na zawsze. Ponieważ zazwyczaj grzebano zwłoki, owo miejsce kaźni utożsamiano zwykle z ciemną, mroczną jamą gdzieś we wnętrzu ziemi, gdzie płonął wieczny ogień – wulkany były tego dowodem – i w ten sposób ludzka fantazja stworzyła płomienie, które dręczyły nędznych grzeszników.

Jeden z ciekawszych opisów potępienia znalazł w pewnej arabskiej księdze. Przeczytał tam, że dusza, opuściwszy ciało, musi przejść po moście tak wąskim jak ostrze brzytwy – księga nie wyjaśniała, dokąd ten most prowadził. Po prawej stronie rozpościerał się raj, po lewej zaś ciąg sfer wiodących do ciemności we wnętrzu ziemi. Przed wejściem na most każda dusza bierze w prawą rękę swoje cnoty, a w lewą winy: i wpada na tę stronę, na którą przeważają jej uczynki – dobre lub złe.

W chrześcijaństwie mówiono o rozpalonych podziemiach, skąd dochodzi płacz i zgrzytanie zębami. W judaizmie o pieczarze, która pomieści tylko określoną ilość dusz i w dniu, w którym piekło się zapełni, nastąpi koniec świata. W islamie mówiono o ogniu, który wszystkich pochłonie, „chyba że Bóg zechce inaczej". Dla Hindusów piekło nigdy nie oznaczało wiecznej udręki, wierzą bowiem w reinkarnację duszy, która po pewnym czasie musi odkupić swoje winy tam, gdzie je popełniła, to znaczy na tym świecie. Mimo to funkcjonuje u nich dwadzieścia jeden rodzajów miejsc pokuty w przestrzeniach, które nazywają „ziemiami niższymi".

Buddyjską duszę czeka kilka rodzajów kar: osiem piekieł ognistych i osiem skutych lodem, nie licząc królestwa, w którym potępieniec nie odczuwa ani chłodu, ani skwaru, lecz nęka go straszliwy głód i pragnienie.

Nic jednak nie mogło równać się z oszałamiającą różnorodnością piekieł stworzoną przez Chińczyków. W przeciwieństwie do całej reszty wierzeń, które umieszczają piekło we wnętrzu ziemi, dla Chińczyków dusze grzeszników udają się na szczyt góry zwany Małym Żelaznym Kręgiem, który otoczony jest Wielkim Kręgiem. Pomiędzy nimi istnieje osiem dużych piekieł nakładających się na siebie nawzajem, a każde z nich dzieli się na szesnaście małych piekieł, w których z kolei można wyodrębnić dziesięć milionów piekieł pomniejszych. Chińczycy wyjaśniają również pochodzenie demonów – twierdzą, że są to dusze tych, którzy odbyli już swoją karę. Zresztą właśnie Chińczycy, jako jedyni, wyjaśniają w sposób przekonujący rodowód demonów. Są złe, bo doświadczyły zła na własnej skórze i teraz pragną zaszczepić je innym w cyklu wiecznej zemsty.

„Tak samo musi dziać się ze mną" – powiedział mężczyzna sam do siebie, wspominając słowa panny Prym. Demon poczuł, że traci kawałek z trudem zdobytego terenu. Musiał walczyć.

„Oczywiście, miałeś chwilę zwątpienia – odezwał się. – Ale strach cię nie opuścił. Spodobało mi się to opowiadanie o szubienicy. Było bardzo pouczające: ludzie są szlachetni, bo obezwładnia ich strach, z natury są jednak zepsuci, bo są moimi potomkami".

Mężczyzna drżał z zimna, ale postanowił jeszcze przez chwilę nie zamykać okna.

– Boże, nie zasłużyłem na to, co mnie spotkało. Skoro Ty uczyniłeś to mnie, to ja mam prawo zrobić to samo innym. To jest sprawiedliwość.

Demon zadrżał, ale postanowił milczeć – nie mógł pokazać, że i on się boi. Mężczyzna bluźnił wobec Boga i tłumaczył swoje uczynki, lecz po raz pierwszy od dwóch lat demon usłyszał, jak jego podopieczny zwrócił się ku niebiosom.

To był zły znak.

„To dobry znak" – taka była pierwsza myśl Chantal na dźwięk klaksonu furgonetki piekarza. Życie w Viscos toczyło się zwykłym rytmem, przywieziono chleb, ludzie wychodzili z domów, mieli przed sobą całą sobotę i niedzielę na roztrząsanie niedorzecznej propozycji, jaką im złożył nieznajomy, a w poniedziałek pożegnają go z pewną dozą żalu. Tego samego wieczoru Chantal opowie im o zakładzie oraz oznajmi, że wygrali bitwę i stali się bogaci.

Nigdy nie będzie obwołana świętą, tak jak Sawin, ale wiele następnych pokoleń będzie uważało, że to ona uratowała miasto podczas powtórnego najazdu Zła. Może powstaną o niej legendy? Ludzie będą ją wspominać jako piękną kobietę, jedyną, która w młodości nie porzuciła Viscos, gdyż była świadoma swojej misji. Pobożne matrony będą zapalać w jej intencji świece, a młodzi chłopcy wzdychać tęsknie do bohaterki, której nie dane im było poznać.

Poczuła wzbierającą dumę. Już sobie wyobrażała, jak to będzie, gdy opowie bywalcom baru o nowym zakładzie... Uświadomiła sobie, że musi trzymać język za zębami i nie może wspominać o należnym jej złocie, bo inaczej będzie musiała się nim podzielić, jeśli pragnie być uznana za świętą.

A przecież zasługuje na świętość. W pewien sposób pomaga również nieznajomemu w zbawieniu jego duszy i Bóg weźmie to pod uwagę, gdy przyjdzie jej rozliczać się ze swoich uczynków. Jednak los tego człowieka niewiele ją obchodził, pragnęła tylko, by dwa następne dni minęły jak najszybciej, bo trudno jej było dochować tajemnicy.

Mieszkańcy Viscos nie byli ani lepsi, ani gorsi od ludzi z pobliskich miejscowości, ale nie popełnią zbrodni dla pieniędzy – co do tego miała absolutną pewność. Teraz, kiedy cała sprawa nabrała rozgłosu, nikt nie mógł podjąć żadnej samodzielnej inicjatywy. Po pierwsze dlatego, że nagroda miała być podzielona na równe części, a Chantal nie znała nikogo, kto ośmieliłby się przywłaszczyć sobie cudzą własność. Po drugie, gdyby zdecydowali się zrobić to, co jej nie mieściło się w głowie, musieliby liczyć na udział wszystkich, z wyjątkiem samej ofiary. Gdyby choć jedna osoba przeciwstawiła się temu zamiarowi – jeśli nikt taki się nie znajdzie, ona będzie tą osobą – mieszkańcom Viscos groziłoby więzienie. A lepiej być biednym i uczciwym niż bogatym za kratkami.

Chantal już na schodach przypomniała sobie, że

nawet wybór burmistrza w mieścinie z trzema ulicami na krzyż wywoływał gorące dyskusje i wewnętrzne podziały. Gdy chciano zbudować plac zabaw dla dzieci, doszło do takiej kłótni, że projekt upadł. Jedni przypominali, że w miasteczku nie ma dzieci, inni krzyczeli, że dzięki tej inwestycji dzieci powrócą, bo gdy młodzi przyjadą z nimi na święta, dostrzegą, że wreszcie zaczyna się tu dziać coś dobrego. W Viscos rozprawiano o wszystkim: o jakości chleba, o łowieckich rozporządzeniach, o istnieniu czy nieistnieniu przeklętego wilka, o dziwacznym zachowaniu Berty i, bez wątpienia, o potajemnych romansach panny Prym z niektórymi gośćmi hotelowymi, choć nikt nigdy nie ośmielił się mówić o tym w jej obecności.

Chantal podeszła do furgonetki z wyrazem twarzy kogoś, kto po raz pierwszy w życiu odgrywa kluczową rolę w historii miasta. Dotąd była tylko opuszczoną sierotą, biedną dziewczyną, której nie udało się wyjść za mąż, zrozpaczoną i samotną. Ale to nie potrwa już długo. Za dwa dni będą ją nosić na rękach, wychwalać pod niebiosa, a może nawet nalegać, by kandydowała na urząd burmistrza w najbliższych wyborach. Może i warto byłoby zostać dłużej w Viscos, by posmakować świeżo zdobytej chwały?

Wokół furgonetki zebrała się spora grupa milczących mieszkańców Viscos. Wszyscy zwrócili spojrzenia na Chantal, ale nikt nie odezwał się ani słowem.

– Co się dziś tutaj dzieje? – zapytał piekarz. – Czyżby ktoś umarł?

– Nie – odpowiedział kowal, który właśnie nadszedł (co tu robił o tak wczesnej porze?). – Ale ktoś jest chory i to nas martwi.

Chantal nic nie rozumiała.

– Kupujesz chleb czy nie? – dobiegł ją czyjś głos. – Nie mamy czasu do stracenia.

Automatycznie podała pieniądze i wzięła swój bochenek. Piekarz wydał jej resztę, wzruszył ramionami, życzył wszystkim miłego dnia i odjechał.

– Teraz ja spytam: co się tutaj dzieje? – odezwała się podnosząc nieco głos.

– Dobrze wiesz, co się dzieje – odparł kowal. – Chcesz, abyśmy popełnili zbrodnię za pieniądze.

– Ależ nic podobnego! Zrobiłam tylko to, o co poprosił mnie ten człowiek! Wyście chyba wszyscy poszaleli!

– To ty oszalałaś. Nigdy nie powinnaś się była zgodzić, aby ten pomyleniec posłużył się tobą jako posłanniczką. Co ci za to obiecał? Chcesz zamienić to miasto w piekło, jak za czasów Ahaba? Zapomniałaś o godności, o honorze?

Przeszły ją ciarki.

– Nie wierzę własnym uszom! Czyżby ktoś z was wziął ten zakład na serio?

– Dajcie jej spokój – odezwała się właścicielka hotelu. – Chodźmy lepiej na śniadanie.

Ludzie powoli rozchodzili się po domach. Chantal drżała, trzymając kurczowo w ręku bochenek chleba, niezdolna do jakiegokolwiek ruchu. Wszyscy ci ludzie, którzy całe życie kłócili się między sobą, po raz pierwszy byli zgodni: uznali ją za winną. Nie był winien ani nieznajomy, ani cały ten zwariowany zakład, ale ona, Chantal Prym, podżegaczka do zbrodni. Świat stanął na głowie!

Zostawiła chleb przy drzwiach i wyszła z domu. Nie czuła głodu ani pragnienia, nic nie czuła. Zrozumiała coś bardzo ważnego, co napełniało ją lękiem, przerażeniem, absolutną zgrozą.

Nikt nie pisnął ani słowa piekarzowi.

W tym miasteczku każde zdarzenie było szeroko omawiane, z oburzeniem czy z kpiną, ale tym razem piekarz, który rozwoził chleb i plotki po okolicy, wyjechał nie mając pojęcia, co tak naprawdę dzieje się w Viscos. Mieszkańcy nie mieli dotąd czasu na omówienie wydarzeń wczorajszej nocy, choć każdy już z pewnością poznał dokładnie ich przebieg. A więc nieświadomie zawarli pakt milczenia.

Albo raczej każdy z nich w głębi duszy rozważał coś, czego nie sposób rozważać, i wyobrażał sobie niewyobrażalne...

Berta zawołała Chantal. Siedziała jak zwykle przed domem – niepotrzebnie, czuwając nad miasteczkiem, gdyż niebezpieczeństwo już się tu zakradło.

– Nie mam ochoty na rozmowę – powiedziała Chantal. – Nie jestem teraz w stanie ani myśleć, ani mówić.

– W takim razie tylko usiądź obok mnie.

Spośród wszystkich ludzi, których spotkała od rana, tylko Berta potraktowała ją przyjaźnie.

Chantal rzuciła się staruszce w ramiona. Siedziały jakiś czas przytulone. W końcu Berta przerwała milczenie:

– Idź do lasu i ochłoń trochę, zbierz myśli. Wiesz dobrze, że to nie twoja wina. Oni też to wiedzą, ale potrzebują winowajcy.

– Winien jest nieznajomy!

– I ty, i ja o tym wiemy, ale nikt poza nami. Wszyscy wolą wierzyć, że ich zdradziłaś, że mogłaś im powiedzieć o wszystkim wcześniej, że nie miałaś do nich zaufania.

– Są przekonani, że ich zdradziłam?

– Tak.

– Dlaczego tak sądzą?

– Pomyśl.

Chantal zastanowiła się. Bo potrzebny im był kozioł ofiarny.

– Nie wiem, jak skończy się cała ta historia – odezwała się Berta. – W Viscos żyją ludzie uczciwi, ale jak sama zauważyłaś, nieco tchórzliwi. Dlatego może byłoby lepiej, gdybyś wyjechała stąd na jakiś czas.

– To chyba żarty! Przecież nikt nie weźmie na serio propozycji nieznajomego. Nikt. Zresztą nie mam dokąd jechać a poza tym nie stać mnie na podróż.

Nie była to prawda. Miała przecież sztabkę złota, była bogata, ale nie chciała nawet o tym myśleć.

W tej samej chwili, jakby na ironię losu, pojawił się nieznajomy. Skinął im głową na powitanie i ruszył w stronę gór, jak każdego ranka. Berta odprowadziła go wzrokiem, Chantal zaś rozglądała się gorączkowo wokół, czy aby nikt nie widział ich spotkania. Powiedziano by zaraz, że się zmówili i jakimś tajemnym kodem przekazują sobie nawzajem informacje.

– Chyba coś go gnębi – zauważyła Berta. – To dziwne.

– Może zdał sobie sprawę, jak głupio z nas zakpił.

– Nie, to coś więcej. Nie wiem co, ale... tak jakby... Nie, nie wiem, co to jest.

„Mój mąż będzie wiedział" – pomyślała Berta. Czuła nieprzyjemną falę zdenerwowania napływającą z lewej strony, lecz to nie był właściwy moment na rozmowę z nim.

– Przypomniałam sobie Ahaba – odezwała się do Chantal. – A właściwie historię, którą on opowiadał.

– Nie chcę nic słyszeć o Ahabie, mam dość wszystkich historii! Chcę tylko, żeby świat znów był taki jak przedtem, żeby Viscos, ze wszystkimi swymi niedoskonałościami ocalało, żeby nie zmiotło go z powierzchni ziemi szaleństwo jednego człowieka!

– Zdaje się, że bardzo kochasz to miasteczko.

Chantal trzęsła się cała. Berta wzięła ją w ramiona, jakby to była jej własna córka, której nigdy nie miała.

– Posłuchaj mnie. Posłuchaj opowieści o niebie i piekle, którą niegdyś przekazywano z pokolenia na pokolenie, ale dziś nikt już jej nie pamięta.

Pewien człowiek wędrował ze swym koniem i psem. Zaskoczyła ich burza i schronili się pod ogromnym drzewem, w które uderzył piorun i wszyscy zginęli. Jednak człowiek ów nie zorientował się, że opuścił już ten świat, i podjął na nowo wędrówkę ze swymi towarzyszami. Czasami umarli potrzebują trochę czasu, by uświadomić sobie nową sytuację.

Berta pomyślała o mężu, który nalegał, aby odprawiła dziewczynę, bo miał jej coś ważnego do powiedzenia. Może nadszedł czas, by mu uzmysłowić, że dawno już umarł i nie powinien przerywać jej w pół słowa.

– Człowiek, koń i pies wspinali się mozolnie po zboczu góry. Byli zlani potem i umierali z pragnienia, bo słońce grzało niemiłosiernie. Na zakręcie dostrzegli wspaniałą bramę, całą z marmuru, prowadzącą na wyłożony bryłami złota plac, gdzie biło źródło krystalicznie czystej wody. Wędrowiec zwrócił się do strażnika pilnującego wejścia:

„Witaj!".

„Witaj, wędrowcze!".

„Powiedz mi, cóż to za piękne miejsce?".

„To niebo".

„Jakie to szczęście, że trafiliśmy do nieba! Jesteśmy bardzo spragnieni".

„Możesz wejść i napić się do woli" – odrzekł strażnik, wskazując źródło.

„Mój koń i pies także są spragnieni".

„Bardzo mi przykro, ale tutaj zwierzęta nie mają prawa wstępu".

Wędrowcowi bardzo chciało się pić, ale nie zamierzał opuszczać w biedzie swoich przyjaciół. Z żalem podziękował strażnikowi i ruszyli w dalszą drogę. Wspinali się jeszcze bardzo długo i całkowicie już wyczerpani dotarli do starych, zniszczonych wrót prowadzących ku polnej drodze wysadzanej drzewami. W cieniu nieopodal leżał człowiek z głową przykrytą kapeluszem.

„Witaj!" – odezwał się wędrowiec.

Wyrwany ze snu mężczyzna skinął tylko głową.

„Umieramy z pragnienia, ja, mój koń i mój pies".

„Pośród tych skał znajdziecie źródło. Możecie tam pić do woli".

Kiedy już wszyscy ugasili pragnienie, wędrowiec podziękował nieznajomemu.

„Wracajcie tu, kiedy tylko przyjdzie wam na to ochota".

„Powiedz mi, jak nazywa się to miejsce?".

„Niebo".

„Niebo? Przecież strażnik marmurowej bramy powiedział, że niebo jest tam!".

„Tam nie było nieba, tylko piekło".

Wędrowiec poczuł się zbity z tropu.

„Nic z tego nie rozumiem. Jak mogą piekło nazywać niebem? Pewnie niejeden człowiek dał się oszukać!".

„Tak naprawdę to oddają nam wielką przysługę, bo tam zostają wszyscy, którzy są zdolni porzucić w biedzie swoich najlepszych przyjaciół...".

Berta gładziła głowę dziewczyny. Czuła, że w duszy Chantal Dobro i Zło prowadzą walkę bez wytchnienia.

– Idź do lasu. Może przyroda podpowie ci jakieś szczęśliwe rozwiązanie. Mam bowiem dziwne przeczucie, że jesteś skłonna porzucić przyjaciół i nasz mały raj otoczony górami.

– Mylisz się, Berto. Należysz do innego pokolenia. W moich żyłach płynie mniej krwi złoczyńców, którzy kiedyś zamieszkiwali Viscos. Ludzie stąd mają swoją godność. Jeśli ją tracą, tracą też zaufanie do siebie nawzajem. A kiedy tracą zaufanie, zaczynają się bać.

– Dobrze już, nie mam racji. Mimo to zrób, co mówię: idź i posłuchaj przyrody.

Chantal odeszła. Berta próbowała przywołać męża do porządku. Była dorosła, więcej, była w podeszłym wieku i nikt nie powinien jej przerywać, gdy próbowała dawać rady młodym. Nauczyła się już troszczyć o siebie, a teraz musiała dbać o swoje Viscos.

Mąż prosił, by była ostrożna. Aby nie dawała zbyt wielu rad dziewczynie, bo niewiadomo, dokąd może doprowadzić cała ta historia.

Berta była zaskoczona. Sądziła, że zmarli wiedzą wszystko. Czy to nie on ostrzegł ją przed zbliżającym się niebezpieczeństwem? Bez wątpienia się zestarzał i oprócz jedzenia zupy zawsze tą samą łyżką, zaczynał mieć inne dziwactwa.

Mąż odrzekł, że to ona się zestarzała, bo dla zmarłych czas przestaje płynąć. I chociaż wiedzą nieco więcej niż żywi, to potrzeba im trochę czasu, nim wejdą do siedziby wyższych aniołów. On zmarł stosunkowo niedawno (minęło raptem piętnaście lat od jego śmierci), musi się jeszcze wiele nauczyć, choć już dzisiaj mógł jej udzielić wielu pomocnych rad.

Berta ciekawa była, czy siedlisko wyższych aniołów jest piękne i przytulne. Mąż odpowiedział jej, że powinna odsunąć żarty na bok i skupić energię na ratowaniu Viscos. Nie było to dla niego szczególnie istotne, w końcu już umarł i nigdy do Viscos nie wróci. Niewiele wiedział na temat reinkarnacji – słyszał tylko, że była możliwa, a w takim przypadku pragnął ponownie się narodzić nie tutaj, lecz w jakimś nieznanym miejscu. Viscos interesowało go o tyle, że pragnął, by jego żona dożyła tutaj w spokoju swoich dni.

„O mnie się nie martw – pomyślała Berta. – Nie wtykaj nosa w nie swoje sprawy".

Mąż nie dawał za wygraną. Był zdania, że Berta musi coś zrobić. Gdyby Zło zwyciężyło, nawet w tak małej i zapomnianej mieścinie jak Viscos, mogłoby rozprzestrzenić się po całej dolinie, okolicach, po kraju, po lądach i oceanach – po całym świecie.

Choć Viscos liczyło dwustu osiemdziesięciu je- den mieszkańców, z których Chantal była naj- młodsza, a Berta najstarsza, tak naprawdę rządzi- ło nim sześć osób: właścicielka hotelu, dbająca o turystów; ksiądz proboszcz, sprawujący pieczę nad duszami; burmistrz, rękojmia prawa; pani burmistrzowa, mająca duży wpływ na męża i jego decyzje; kowal pogryziony przez przeklętego wilka i cudownie ocalały oraz bogaty ziemianin, właści- ciel większości terenów w okolicy. To właśnie on był przeciwny budowie placu zabaw dla dzieci, ży- wiąc nadzieję, że za jakiś czas dobrze sprzeda tę ziemię, gdyż doskonale nadawała się pod budowę luksusowych rezydencji.

Pozostałych mieszkańców niewiele obchodziło, co się dzieje w mieście, dopóki mogli paść swoje owce, zbierać pszenicę i dopóki mieli co włożyć do garnka. Bywali w hotelowym barze, chodzili na mszę co niedziela, przestrzegali prawa, naprawiali narzędzia w kuźni i od czasu do czasu kupowali jakiś skrawek łąki.

Ziemianin nigdy nie chodził do baru. Dowiedział się o całej historii od swojej pracownicy. Spędziła w barze ów pamiętny wieczór i wyszła z wypiekami na twarzy. Gość hotelowy zdawał się człowiekiem majętnym, wpadł jej więc do głowy pomysł, by go uwieść, mieć z nim dziecko i tym sposobem zdobyć choć część jego fortuny. Zaniepokojony przyszłością, albo raczej tym, że historia panny Prym może roznieść się po okolicy i odstraszyć od Viscos myśliwych i turystów, ziemianin zwołał walne zebranie. W czasie gdy Chantal szła do lasu, nieznajomy odbywał swój tajemniczy spacer, a Berta rozprawiała z mężem, grupa tutejszych notabli zasiadła na naradę w zakrystii kościoła. Jako pierwszy głos zabrał właściciel ziemski:

– Powinniśmy natychmiast wezwać policję. Przecież to jasne jak słońce, że nie ma żadnego złota, a moim zdaniem ten człowiek próbuje uwieść moją pracownicę.

– Nie wiesz, o czym mówisz, bo ciebie tam wtedy nie było – żachnął się burmistrz. – To złoto istnieje. Panna Prym nie wystawiałaby na szwank swojej reputacji bez jakiegoś konkretnego dowodu. Ale to nic nie zmienia, rzeczywiście powinniśmy wezwać policję. Nieznajomy jest pewnie poszukiwanym bandytą i próbuje u nas ukryć swój łup. Jeśli doniesiemy na niego policji, nagroda nas nie minie.

– Ależ to absurd! – odezwała się żona burmistrza. – Bandyta starałby się być bardziej dyskretny.

– Tak czy inaczej musimy wezwać policję.

Co do tego wszyscy byli jednomyślni. Ksiądz podał wino, aby załagodzić nieco nastroje, lecz powstał nowy problem: co powiedzieć policji, skoro tak naprawdę nie mieli żadnych dowodów przeciwko nieznajomemu. Najprawdopodobniej cała ta sprawa skończy się aresztowaniem panny Prym za podżeganie do zbrodni.

– Jedynym dowodem jest złoto. Bez złota niewiele wskóramy.

To było oczywiste. Ale gdzie jest to złoto? Widziała je tylko jedna osoba i nawet ona nie miała pojęcia, gdzie zostało ukryte.

Proboszcz zaproponował, aby powołać grupę poszukiwawczą. Właścicielka hotelu podeszła do okna, które wychodziło na cmentarz.

– Potrzeba by było stu ludzi i stu lat, by odnaleźć to złoto – powiedziała, wskazując łańcuch gór otaczający dolinę ze wszystkich stron.

Właściciel ziemski żałował w skrytości ducha, że właśnie tu powstał cmentarz – widok stąd był przepiękny, a przecież nieboszczycy nie mieli z tego żadnego pożytku.

– Przy innej okazji chciałbym porozmawiać o tym cmentarzu – zwrócił się do proboszcza. – W zamian za tę działkę obok kościoła mogę zaproponować dla zmarłych inną lokalizację, całkiem niedaleko stąd.

– Kto zechce wybudować dom tam, gdzie leżały kiedyś kości zmarłych?

– Na pewno nikt stąd, ale ludzie z wielkich miast marzą o domu letniskowym z pięknym widokiem na góry. Wystarczy poprosić mieszkańców Viscos o dochowanie tajemnicy. Dzięki temu więcej pieniędzy wpłynęłoby do gminnej kasy, co bardzo by się nam przydało.

– Masz całkowitą rację. Wystarczy tylko nakłonić wszystkich do milczenia, a to nie powinno być wcale trudne.

I nagle rozmowa się urwała. Zapadła cisza, długa cisza, której nikt nie śmiał przerwać. Obie kobiety podziwiały piękny widok z okna, ksiądz gładził figurkę z brązu, właściciel ziemski dolał sobie wina, kowal przesznurował obydwa buty, burmistrz bez przerwy spoglądał na zegarek, jakby chciał dać do zrozumienia, że śpieszy się na inne spotkanie.

Ale każdy z nich zdawał się być przykuty do swojego miejsca. Wszyscy wiedzieli, że ani jeden mieszkaniec Viscos nie sprzeciwi się sprzedaży przykościelnego terenu, gdy pojawi się pierwszy lepszy kupiec. Ludzie tylko na to czekali, aby do mieściny, której groziło zniknięcie z mapy świata, przybył na stałe ktoś nowy, nawet gdyby nie dostali za to ani grosza.

A gdyby mogli coś zyskać?

Gdyby mogli na tym zarobić dość pieniędzy, by starczyło do końca życia im i ich dzieciom?...

Nagle uderzył ich podmuch gorącego powietrza. Ksiądz postanowił przerwać milczenie.

– Co więc proponujecie?

Pięć par oczu spojrzało na niego.

– Jeśli mieszkańcy istotnie dochowają tajemnicy, to sądzę, że możemy prowadzić dalsze negocjacje – odezwał się właściciel ziemski, dobierając z rozwagą słowa, które mogły być odczytane na wiele sposobów, w zależności od punktu widzenia.

– To dzielni, pracowici i dyskretni ludzie – pod-

jęła właścicielka hotelu, stosując tę samą strategię.
– Przecież dziś rano, gdy piekarz rozwożący chleb
próbował się czegoś dowiedzieć, nikt nie pisnął ani
słowa. Myślę, że możemy im zaufać.

Znów zapadła cisza. Tym razem ciężka, nieznoś-
na. Ale trzeba było ciągnąć tę grę. Kowal zebrał się
na odwagę i powiedział:

– Dobrze wiemy, że problem tkwi nie tyle w dys-
krecji mieszkańców, ile w tym, że jest to niemoralne i nie do przyjęcia.

– Co takiego?

– Sprzedaż uświęconej ziemi.

Te słowa wywołały westchnienie ulgi pośród zebranych. Teraz można było prowadzić dyskusję nad
moralnością, grunt bowiem został już przygotowa-
ny od strony praktycznej.

– Naprawdę niemoralne jest przyglądać się bez-
radnie, jak nasze Viscos chyli się ku upadkowi – odezwała się żona burmistrza. – Żyć ze świadomością,
że jesteśmy ostatnimi, którzy tu mieszkają, że marzenia naszych dziadków, naszych przodków, Ahaba
czy Celtów za kilka lat się rozwieją. Wkrótce i my
opuścimy to miasto. Pójdziemy do domu starców albo zdołamy ubłagać nasze dzieci, żeby nas przygar-
nęły do siebie. Wtedy zamieszkamy w wielkim mieście i niedołężni, zagubieni, będziemy tęsknić za Viscos i narzekać, żeśmy nie umieli przekazać młodemu pokoleniu spuścizny naszych ojców.

– Masz rację – przytaknął kowal. – Niemoralne
jest życie, jakie wiedziemy. Pomyślcie tylko, gdy Viscos upadnie, te pola staną się ugorem albo będą
sprzedane za bezcen. Buldożery wytyczą nowe drogi
i ostatnie zabudowania zrównają z ziemią. Hale ze

stali i szkła zastąpią piękne domy, które nasi przodkowie zbudowali własnymi rękoma. Nowi właścicie-
le tych ziem przyjeżdżać będą tylko na parę godzin
od czasu do czasu, bo mieszkają daleko stąd. I to
myśmy do tego doprowadzili. Cóż za hańba dla naszego pokolenia! Pozwoliliśmy wyjechać naszym
dzieciom, nie potrafiliśmy ich tutaj zatrzymać.

– Musimy chronić nasze rodzinne miasto za
wszelką cenę – odezwał się bogaty właściciel ziemski, być może jedyny, który zyskałby na upadku Viscos, bo mógłby kupić tereny za marne grosze
i drogo sprzedać je jakiemuś wielkiemu przedsię-
biorcy. Ale nie był zainteresowany oddaniem za
bezcen ziemi, która mogła skrywać fortunę.

– A co ksiądz o tym myśli, księże proboszczu? –
zapytała właścicielka hotelu.

– Jedyne na czym się znam, to moja religia.
A ona mówi, że poświęcenie jednego człowieka
uratowało całą ludzkość.

Zamilkł na chwilę, sprawdzając, jakie wrażenie
wywarły jego słowa na rozmówcach.

– Muszę się teraz przygotować do mszy. Może
spotkalibyśmy się wieczorem? – spytał.

Wszyscy pośpiesznie przytaknęli, jakby spadł
im z serca wielki ciężar. Ustalili godzinę i zaczęli
gorączkowo udawać ludzi bardzo zajętych.

Jedynie burmistrz zachował spokój i na progu
zakrystii zakończył stanowczym tonem:

– To bardzo ciekawe, co ksiądz powiedział.
Wspaniały temat na piękne kazanie. Sądzę, że
wszyscy powinniśmy się zjawić na dzisiejszej mszy.

Chantal szła zdecydowanym krokiem do skał ułożonych w formie litery Y, rozmyślając o tym, co zrobi, gdy już weźmie złoto. Wróci do domu, przebierze się, schowa do plecaka dokumenty i skromne oszczędności, pójdzie szosą w stronę doliny i będzie łapać jakiś samochód. Tej decyzji już nie zmieni. Ci ludzie nie zasługiwali na fortunę, która znalazła się w zasięgu ich ręki. Postanowiła nie brać żadnych bagaży. Nie chciała, by wiedzieli, że na zawsze opuszcza Viscos i jego piękne, ale nikomu niepotrzebne legendy, jego mieszkańców – poczciwych, ale tchórzy, pełen co wieczór bar, gdzie rozmowy krążyły zawsze wokół tych samych spraw, i kościół, do którego nigdy nie chodziła. Odsunęła od siebie myśl, że nieznajomy mógł ją wydać, że policja czeka gdzieś na nią po drodze. W tej chwili była gotowa na wszystko.

Nienawiść, jaka ją ogarnęła pół godziny temu,

przekształciła się teraz w dużo przyjemniejsze uczucie – chęć zemsty.

Była zadowolona, że pierwsza pokaże tym ludziom zło ukryte w głębi ich dusz, dusz wprawdzie naiwnych, dobrotliwych ale i fałszywych. Wszyscy myśleli o zbrodni, lecz były to tylko mrzonki, których nigdy nie odważyliby się wprowadzić w czyn. Przez resztę swego nędznego żywota będą przekonywać siebie samych, że są szlachetni, niezdolni nikomu wyrządzić krzywdy, ale zarazem będą świadomi, że tylko strach powstrzymał ich przed zabiciem niewinnego człowieka. Co rano szczycić się będą swoją prawością i co noc obwiniać, że zaprzepaścili wyjątkową szansę.

Przez najbliższe trzy miesiące wszystkie rozmowy w barze skupiać się będą jedynie na uczciwości szlachetnych mieszkańców Viscos. A kiedy rozpocznie się sezon łowiecki, na jakiś czas zapomną o sprawie, bo przyjezdni lubią przecież mieć wrażenie, że odwiedzili uroczy zakątek, gdzie wszyscy są do siebie przyjaźnie usposobieni, gdzie króluje dobro, natura jest hojna, a miejscowe specjały sprzedawane z półki, którą właścicielka hotelu nazywała górnolotnie „sklepem", przepojone są aromatem panującej wokół serdeczności.

Ale gdy sezon łowiecki się skończy, znów wrócą do ulubionego tematu. Nękani myślą, że okazja zbicia fortuny przeszła im koło nosa, nie przestaną wyobrażać sobie tego, co mogłoby się zdarzyć, i będą pytać samych siebie: Dlaczego nikt nie zdobył się na odwagę, by pod osłoną nocy zabić starą, nikomu niepotrzebną Bertę w zamian za dziesięć sztabek złota? Dlaczego w wypadku na polowaniu nie zginął pasterz Santiago, który co ranka pędził swoje owce na górskie pastwiska? Będą żałować – początkowo ze wstydem, potem z wściekłością – wspaniałej szansy, którą zaprzepaścili.

W rok później, przepełnieni nienawiścią, będą się nawzajem oskarżać, że siedzieli bezczynnie, gdy mogli zapewnić dobrobyt sobie i swoim najbliższym. Będą rozpytywać o pannę Prym, która zniknęła bez śladu – i może zabrała ze sobą złoto nieznajomego. Nie zostawią na niej suchej nitki. Będą opowiadać, że była niewdzięczną sierotą, której wszyscy starali się pomóc po śmierci babki; że pracowała w barze, bo nie udało jej się złapać męża i wyjechać; że sypiała z gośćmi hotelowymi, z reguły starszymi od siebie; że przymilała się każdemu turyście, licząc na suty napiwek.

Spędzą resztę życia rozdarci pomiędzy rozżaleniem i pogardą do siebie. Chantal nie posiadała się z radości – oto była jej zemsta. Nigdy nie zapomni spojrzeń ludzi zgromadzonych wokół furgonetki piekarza, błagających o przemilczenie sprawy zabójstwa, o którym wszyscy myśleli, ale na które pod żadnym pozorem by się nie odważyli, a zaraz potem zwróconych przeciwko niej, jakby ona ponosiła winę za to tchórzostwo, które w końcu wyszło na jaw.

Stanęła przed skałami o kształcie litery Y, tuż obok gałęzi, którą odkopywała dół dwa dni temu. Napawała się chwilą – zaraz z uczciwej dziewczyny przemieni się w złodziejkę.

O nie! Wcale nie będzie złodziejką! Nieznajomy sprowokował ją, a ona odpłacała mu tą samą monetą. Nie kradła, lecz odbierała swoją należność za odegranie roli rzecznika w tej farsie w złym guście. Zasługiwała na to złoto, a nawet na wiele więcej – za to, że musiała znosić spojrzenia zabójców niezdolnych do popełnienia zbrodni, za to, że spędziła tu całe swoje życie, że nie mogła spać przez trzy noce z rzędu, za to, że jej dusza się zagubiła, jeśli w ogóle istnieje dusza i może się ona zagubić.

Chantal odgarnęła ziemię i zobaczyła sztabkę złota. Nagle jakiś dźwięk dobiegł do jej uszu.

Ktoś ją śledził. Odruchowo przysypała złoto garścią ziemi, świadoma niedorzeczności swego gestu. Zerwała się na równe nogi, gotowa wyjaśnić, że szuka skarbu, bo widziała kiedyś, jak nieznajomy spacerował tą ścieżką, a dziś zobaczyła tu świeżo rozkopaną ziemię.

Ale głos zamarł jej w gardle, bo to, co zobaczyła, nie miało nic wspólnego ani z ukrytymi skarbami, ani z wymierającymi miasteczkami, ani ze sprawiedliwością czy jej brakiem. Była to bestia żądna jedynie krwi.

Biała plama na lewym uchu. Przeklęty wilk.

Czaił się za najbliższym drzewem. Nie miała dokąd uciec. Stała bez ruchu, zahipnotyzowana blaskiem wilczych ślepi. Jej myśli biegały jak szalone. Co robić? Bronić się gałęzią? Nie, mogła okazać się zbyt krucha. Wspiąć się na skałę? Nie, była zbyt niska. A może nie wierzyć legendzie i odstraszyć bestię jak zwykłego, samotnego wilka? Zbyt ryzykowne, bo w każdej legendzie kryje się ziarno prawdy.

To kara. Kara niesprawiedliwa, jak zresztą wszystko, co zdarzyło się w jej życiu. Miała wrażenie, że Bóg wybrał ją, by pokazać całą swoją nienawiść do świata.

Upuściła gałąź i – zdawało się, że robi to w zwolnionym tempie – instynktownie zasłoniła dłońmi szyję. Żałowała, że nie włożyła dzisiaj skórzanych spodni. Podobno ugryzienie w udo groziło wykrwawieniem w ciągu dziesięciu minut – tak opowiadali myśliwi, którzy nosili buty z wysokimi cholewkami. Z gardzieli wilka wydobył się pomruk. Głuchy, złowieszczy. To nie była zwykła groźba – szykował się do ataku. Nie odwracała oczu od jego ślepi, serce biło jej coraz szybciej, zwierzę wyszczerzyło kły.

Za chwilę albo zaatakuje albo odejdzie. Nie mogła czekać na śmierć jak pokorna owieczka. Postanowiła skryć się na pobliskim drzewie. Nawet jeśli wilk dogoni ją i zrani, będzie w stanie znieść ból.

Pomyślała o złocie. Obiecała sobie, że wkrótce po nie wróci. Za to złoto gotowa była zapłacić krwią. Musi biec do drzewa.

Nagle, niczym na filmie, zobaczyła jakiś cień, 121 który prześlizgnął się za wilkiem w dość dużej odległości.

Zwierzę także wyczuło czyjąś obecność, ale nie poruszyło się, jakby wbite w ziemię siłą wzroku Chantal.

Cień się przybliżył. Był to nieznajomy, który skradał się w stronę drzewa. Zanim się na nie wdrapał, rzucił kamień, który musnął łeb wilka. Zwierzę zaatakowało, ale mężczyzna siedział już na gałęzi i był poza zasięgiem wilczych kłów.

– Uciekaj, szybko! Zrób to co ja! – krzyknął nieznajomy.

Pobiegła w kierunku najbliższego drzewa i nadludzkim wysiłkiem wspięła się na sam czubek. Dopiero wtedy odetchnęła z ulgą. Trudno, straciła sztabkę złota, lecz udało jej się wymknąć śmierci.

Wilk skakał wściekle u stóp drzewa, ale na próżno – nie mógł jej dosięgnąć.

– Niech pan łamie gałęzie! Trzeba ułamać kilka gałęzi i je podpalić! – krzyczała Chantal z rozpaczą w głosie.

Nieznajomy zrozumiał w końcu, o co jej chodzi. Złamał kilka gałązek, ale podpalał je całą wieczność, bo drewno było wilgotne. W końcu udało mu się zapalić coś na kształt małej pochodni.

Chantal uważnie przyglądała się nieznajomemu. Wprawdzie jego los był jej obojętny – mógł zostać tam, gdzie był, kosztując strachu, którym chciał obezwładnić cały świat – ale musiała mu pomóc, żeby sama mogła się stąd wydostać.

– Teraz zobaczymy czy jest pan mężczyzną! – zawołała. – Niech pan zejdzie z drzewa i odpędzi wilka ogniem!

Nieznajomy zamarł w bezruchu niczym sparaliżowany.

– Na ziemię! Ale już! – krzyknęła znowu.

Tym razem zareagował, posłuszny sile jej głosu – sile, która płynęła z trwogi, z potrzeby szybkiego działania. Wszelkie obawy i cierpienia należało odsunąć na później.

Zeskoczył z drzewa, wymachując pochodnią, nie zważając na iskry, które parzyły mu twarz. Widział z bliska kły i pianę, którą zwierzę toczyło z pyska. Bał się coraz bardziej, ale czuł, że musi coś zrobić, coś, co powinien był zrobić wtedy, gdy porwano jego żonę i córki.

– Niech pan mu ciągle patrzy w oczy!

Nieznajomy wyciągnął pochodnię w kierunku

wilka, który nadal złowrogo szczerzył kły.

– Naprzód!

Postawił jeden krok, potem drugi, wymachując na wszystkie strony płonącą pochodnią. Wilk zaczął się cofać, nagle odwrócił się i uciekł. Zniknął w gęstwinie. Chantal zsunęła się z drzewa.

– Musimy uciekać – rzekł nieznajomy.

– Dokąd?

Do Viscos, żeby wszyscy zobaczyli ich razem? Prosto w pułapkę? Tym razem nie uchroniłby ich nawet ogień. Poczuła straszny ból w plecach i padła na ziemię. Serce waliło jej jak młotem.

– Proszę rozpalić ognisko – odezwała się zduszonym głosem. – Muszę dojść do siebie.

Próbowała się poruszyć, ale zawyła z bólu. Cierpiała, jakby ktoś wbijał w nią nóż. Głucho pojękiwała. Z pewnością zraniła się podczas wspinaczki na drzewo. Nieznajomy pośpiesznie rozpalił ognisko.

– Proszę się nie martwić. Na pewno niczego sobie pani nie złamała – powiedział, słysząc jej jęki. – Kiedyś też mi się to zdarzyło. Nadwerężyła sobie pani jakiś mięsień. To się często zdarza, kiedy ciało jest bardzo spięte, łatwo wtedy o kontuzję. Zaraz to pani rozmasuję.

– Niech mnie pan nie dotyka! W ogóle się nie zbliża! Nie chcę mieć z panem nic do czynienia!

Ból, strach, wstyd. Z całą pewnością podpatrzył, jak odkopywała złoto. Wiedział – bo towarzyszył mu demon, a demony znają ludzką duszę – że chciała go okraść.

Tak jak wiedział i to, że właśnie teraz miasteczko zastanawia się nad popełnieniem zbrodni. Wiedział również, że mieszkańcy Viscos ze strachu nie zrobią nic. Ale nawet ten ich mglisty zamiar był dla niego wystarczającą odpowiedzią: tak, człowiek jest z gruntu zły. Skoro wiedział także, że Chantal zamierza uciec, ich pakt zawarty minionej nocy nie miał już znaczenia. Nieznajomy mógł wrócić tam, skąd przyszedł (no właśnie, skąd?), ze swoim nietkniętym skarbem, utwierdzony w swoich przypuszczeniach.

Próbowała znaleźć dla siebie jak najwygodniejszą pozycję, ale na próżno. Pozostawało jedynie nie ruszać się. Ogień wprawdzie odstraszał wilka, lecz wkrótce zwróci uwagę pasterzy, którzy w okolicy wypasali swoje stada. Zobaczą ich razem.

Uświadomiła sobie, że jest sobota. Ludzie zaszyli się dziś w domach pełnych okropnych bibelotów, reprodukcji słynnych obrazów i gipsowych podobizn świętych. Zazwyczaj w soboty się nudzili, ale w ten weekend nadarzała im się wspaniała okazja do dobrej rozrywki.

– Proszę milczeć!

– Ależ ja nic nie mówiłem.

Chantal miała ochotę się rozpłakać, lecz nie mogła sobie pozwolić na żadną słabość w obecności tego człowieka. Powstrzymała łzy cisnące się jej do oczu.

– Uratowałam panu życie. Zasłużyłam na sztabkę złota.

– To raczej ja pani uratowałem życie. Ten wilk rozszarpał by panią na strzępy.

Była to prawda.

– Z drugiej zaś strony – ciągnął nieznajomy – muszę przyznać, że ocaliła pani coś we mnie.

„To na pewno podstęp – pomyślała Chantal. – Nieznajomy miał zamiar udać, że nic nie rozumie i tym sposobem znaleźć usprawiedliwienie, by odjechać ze swoją fortuną gdzieś daleko. I taki będzie finał".

– Nasz wczorajszy zakład... Widzi pani, mój ból był tak wielki, że chciałem sprawić, aby wszyscy cierpieli tak jak ja; to było dla mnie jedyne pocieszenie. Miała pani rację.

Demonowi nieznajomego nie spodobały się te słowa. Poprosił o pomoc demona Chantal, ale ten był z dziewczyną od niedawna i nie miał jeszcze nad nią całkowitej władzy.

– Czy to coś zmienia? – spytała Chantal.

– Nic. Zakład jest nadal ważny i wiem, że go wygram. Ale zrozumiałem swoją nikczemność. I zrozumiałem, dlaczego stałem się nikczemny: po prostu uznałem, że nie zasługuję na to, co mnie spotkało.

Chantal miała tylko jedno zmartwienie – jak wydostać się stąd, i to szybko?

– A ja sądzę, że zasłużyłam na swoje złoto i zabiorę je, chyba że mi pan w tym przeszkodzi. Nie mam po co wracać do Viscos. Idę prosto do głównej szosy i łapię jakiś samochód. Nasze drogi się tutaj rozchodzą.

– Może pani iść. Ale właśnie teraz mieszkańcy decydują o wyborze ofiary.

– Być może. Będą tak dyskutować do czasu, aż minie termin. Przez następne lata będą kłócić się o to, kto powinien był umrzeć. Są niezdecydowani, gdy trzeba działać, za to, gdy chodzi o obwinianie innych... o, wtedy są nieubłagani. Znam to miasto. Jeśli pan tam nie wróci, nawet nie zechcą ze mną rozmawiać, powiedzą, że wszystko było wytworem mojej chorej wyobraźni.

– Viscos jest taką samą miejscowością jak każda inna na świecie i to, co się tu dzieje, zdarza się wszędzie tam, gdzie ludzie żyją razem: w małych i dużych miastach, osadach, a nawet w klasztorach. Ale pani tego nie rozumie, tak samo jak nie rozumie pani, że tym razem los pracuje na moją korzyść, bo wybrałem do pomocy idealną osobę. Kobietę pracowitą i uczciwą, przepełnioną tak jak ja chęcią zemsty. Od momentu, w którym nie możemy zobaczyć wroga – bo jeśli zgłębimy do końca całą tę historię, to okaże się, że prawdziwym wrogiem jest Bóg, który zesłał na nas te nieszczęścia – przenosimy nasze frustracje na wszystko, co nas otacza. Tego głodu zemsty nigdy nie da się zaspokoić.

– Proszę mi oszczędzić swych mętnych wywodów – żachnęła się Chantal zirytowana, że ten człowiek, którego nienawidziła najbardziej na świecie, przejrzał na wylot jej duszę. – Niech pan zabiera swoje złoto, ja swoje i chodźmy stąd!

– Istotnie, zdałem sobie sprawę, że wczoraj, proponując wam to, co napełnia mnie najwyższą odrazą – morderstwo z zimną krwią, bo tak zginęła moja żona i córki – w rzeczywistości chciałem ocalić siebie. Pamięta pani słowa tego filozofa, którego zacytowałem podczas naszej drugiej rozmowy? Tego, który mówił, że piekłem dla Boga jest jego miłość do ludzi, bo ludzkie czyny bolą Go w każdym ułamku sekundy Jego wiecznego życia? Ten sam filozof powiedział też: „Człowiek potrzebuje tego, co w nim najgorsze, by dosięgnąć tego, co w nim najlepsze".

– Nie rozumiem.

– Wcześniej myślałem jedynie o zemście. Tak jak mieszkańcy tego miasteczka tylko marzyłem, dniem i nocą obmyślałem fantastyczne plany, i nie robiłem nic. Przez jakiś czas śledziłem losy ludzi, którzy stracili najbliższych w podobnych okolicznościach, ale zareagowali całkiem inaczej. Tworzyli grupy wsparcia dla ofiar, jednoczyli się, by wspólnie wyciągnąć na światło dzienne wszelkie przejawy niesprawiedliwości, organizowali wiece, by udowodnić, że bólu po stracie nigdy nie da się uśmierzyć żadnym odwetem.

I ja próbowałem doszukać się dobra, jakie mogłoby wyniknąć z mojego nieszczęścia. Niestety, nie udało mi się. Jednak zdobyłem się na odwagę i rzuciłem wyzwanie innym, doszedłem na skraj przepaści i teraz odkryłem w głębi duszy jakieś światło.

– Proszę mówić dalej – odezwała się Chantal, bo i ona zaczynała widzieć jakiś blady promyczek nadziei.

– Nie twierdzę, że cała ludzkość jest zepsuta. Chcę jedynie udowodnić, że nieświadomie wywołałem to, co mi się przydarzyło – bo jestem człowiekiem złym, zepsutym do szpiku kości i zasłużyłem na karę, jaką wymierzyło mi życie.

– Chce pan udowodnić, że Bóg jest sprawiedliwy.

Nieznajomy zamyślił się na chwilę.

– Być może.

– Ja nie wiem, czy Bóg jest sprawiedliwy czy nie. W każdym razie nie traktował mnie łaskawie, a ja nic nie mogłam na to poradzić. Poczucie bezsilności zniszczyło mi duszę. Nie udaje mi się być tak dobrą, jak bym chciała, ani tak złą, jak moim zdaniem być powinnam. Jeszcze przed chwilą myślałam, że Bóg wybrał sobie mnie, by się zemścić za wszystkie przykrości, jakie ludzie mu sprawiają. Pan ma te same wątpliwości, bo pańska dobroć nie została wynagrodzona.

Chantal była zaskoczona własnymi słowami. Demon nieznajomego zauważył, że anioł dziewczyny zaczął świecić silniej i sprawy zaczynały przybierać inny obrót.

„Zrób coś" – ponaglał drugiego demona.

„Cały czas się staram, ale bitwa jest trudna".

– Pani problemem nie jest boska sprawiedliwość – odezwał się nieznajomy – ale to, że zawsze wolała pani być ofiarą okoliczności. Spotkałem wielu takich ludzi.

– Jak choćby pan?

– Nie. Ja zbuntowałem się przeciw temu, co mnie spotkało, i mało mnie obchodzi, czy komuś się moje postępowanie podoba, czy nie. Pani natomiast, uwierzyła w swoją rolę biednej, opuszczonej sieroty, która za wszelką cenę pragnie być kochana. A ponieważ tak się nie dzieje, pani potrzeba miłości zamieniła się w głuchą żądzę zemsty. W głębi duszy chciałaby pani być taka jak inni mieszkańcy Viscos, bo w gruncie rzeczy wszyscy chcemy być podobni do innych. Ale los przypisał pani inną historię.

Chantal zaprzeczyła ruchem głowy.

„Zrób coś – szepnął demon dziewczyny do swego towarzysza. – Chociaż ona mówi nie, to jej dusza wie, o co chodzi i mówi tak".

Demon nieznajomego poczuł się upokorzony, bo nie był wystarczająco silny, by nakazać mężczyźnie milczenie.

„Słowa do niczego nie prowadzą – odpowiedział. – Pozwólmy im mówić, bo i tak życie sprawi, że postąpią inaczej".

– Przepraszam, że pani przerwałem – odezwał się nieznajomy. – Proszę mówić dalej o boskiej sprawiedliwości.

Zadowolona, że nie musi już słuchać tego, co wyraźnie sprawiało jej przykrość, powiedziała:

– Nie wiem, czy uda mi się to wytłumaczyć, ale pan pewnie zauważył, że mieszkańcy Viscos nie są szczególnie pobożni, chociaż mamy tu kościół, jak we wszystkich okolicznych osadach. Może dzieje się tak dlatego, że Ahab, choć nawrócony przez świętego Sawina, nie ufał do końca księżom. Jako że pierwsi osadnicy byli w większości hultajami spod ciemnej gwiazdy, obawiał się, że księża swymi pogróżkami o wiecznych mękach na nowo sprowadzą ich na złą drogę. Ludzie, którzy nie mają nic do stracenia, nie myślą wcale o życiu wiecznym.

Gdy tylko zjawił się pierwszy proboszcz, Ahab zdał sobie sprawę z zagrożenia. Żeby temu zapobiec, wprowadził święto, które poznał u Żydów – dzień przebaczenia. Jednak postanowił je przekształcić po swojemu.

Raz do roku mieszkańcy zamykali się w swoich domach, spisywali dwie listy, zwracali się w stronę najwyższej góry i czytali pierwszą listę. „Panie, oto moje grzechy wobec Ciebie: krętactwa, zdrady, niesprawiedliwości, krzywdy, które wyrządziłem... Wiele grzeszyłem i proszę Cię, Panie, o przebaczenie, bo bardzo Cię obraziłem".

Zaraz potem – i na tym polegał oryginalny pomysł Ahaba – mieszkańcy wyjmowali z kieszeni drugą listę: „Jednak tutaj, Panie, jest lista Twoich grzechów wobec mnie: kazałeś mi pracować ponad siły, moje dziecko zachorowało mimo moich modlitw, okradziono mnie, choć starałem się być uczciwy, cierpiałem ponad miarę".

Po odczytaniu drugiej listy kończyli obrzęd tymi słowami: „Panie, byłem wobec Ciebie niesprawiedliwy i Ty byłeś niesprawiedliwy wobec mnie. Ale skoro dziś jest dzień przebaczenia, Ty zapomnij moje winy, a ja zapomnę Twoje. Pogódźmy się i zacznijmy wszystko od nowa".

– Przebaczyć Bogu – przerwał nieznajomy. – Przebaczyć Bogu nieubłaganemu, który nieprzerwanie tworzy, by mieć co niszczyć...

– Dość już mam tej rozmowy – odrzekła Chantal, patrząc w dal. – Nie znam życia na tyle, abym mogła pana czegokolwiek nauczyć.

Nieznajomy milczał.

„Wcale mi się to nie podoba" – pomyślał demon nieznajomego, dostrzegając obok siebie słabo migoczące światło, zwiastujące istotę, na której obecność w żaden sposób nie mógł pozwolić. To światło udało mu się oddalić przed dwoma laty na jednej z najpiękniejszych plaż tej planety.

To co przez całe wieki działo się w Viscos odcisnęło swe piętno na życiu jego mieszkańców: legendy, Celtowie, protestanci, działalność Ahaba, bandyci... Dlatego tutejszy proboszcz dobrze wiedział, że jego parafianie nie są tak naprawdę pobożni. Wprawdzie brali udział w niektórych kościelnych ceremoniach – zwłaszcza w pogrzebach, bo śluby i chrzciny zdarzały się coraz rzadziej – i zjawiali się na Pasterce, ale tylko paru bigotów uczestniczyło w dwóch mszach odprawianych w tygodniu, w sobotę i niedzielę o jedenastej rano. Gdyby to od niego zależało, zrezygnowałby z mszy sobotnich, lecz musiał wykazać przed zwierzchnikami, że sumiennie wykonuje swoje obowiązki.

Ku jego zaskoczeniu tego dnia kościół był wypełniony po brzegi, a ludzie byli osobliwie spięci. Na kościelnych ławkach i w prezbiterium tłoczyli się wszyscy mieszkańcy. Brakowało tylko panny

Prym – która zapewne wstydziła się tego, co powiedziała poprzedniego dnia – oraz starej Berty, w której wszyscy dopatrywali się czarownicy.

– W imię Ojca i Syna, i Ducha Świętego.

Rozbrzmiało głośne „Amen". Ksiądz rozpoczął liturgię, listy apostolskie odczytała ta co zazwyczaj dewotka, po czym zaintonował psalmy. W końcu nadszedł czas kazania.

– W Ewangelii według świętego Łukasza pewien człowiek pyta Jezusa: *Nauczycielu dobry, co mam czynić, aby osiągnąć życie wieczne?* I Jezus daje jakże zdumiewającą odpowiedź: *Dlaczego nazywasz Mnie dobrym? Nikt nie jest dobry, tylko sam Bóg.*

Przez wiele lat pochylałem się nad tym krótkim fragmentem tekstu, starając się zrozumieć, co chciał powiedzieć Pan. Czyż nie był dobry? A zatem całe chrześcijaństwo ze swą ideą miłosierdzia opiera się na nauce kogoś, kto uważał się za złego? Aż w końcu do mnie dotarło: Chrystus w owej chwili odnosi się do swojej ludzkiej natury. Jako człowiek jest zły. Jako Bóg jest dobry.

Ksiądz zrobił krótką pauzę, aby wierni zrozumieli jego przesłanie. Ale tak naprawdę okłamywał samego siebie: nadal nie pojmował sensu tych słów, bo skoro Chrystus w swej ludzkiej naturze był zły, to tak samo złe powinny były być Jego słowa i czyny. Ale to był już temat na dyskusję teologiczną, w tym momencie nieistotną. Kazanie musiało być przekonujące.

– Nie będę się dzisiaj dłużej nad tym rozwodził. Chcę, byście wszyscy to zrozumieli; jako istoty ludzkie musimy się pogodzić z tym, że nasza natura jest słaba, pokrętna i tylko dzięki Jezusowi, który poświęcił się dla zbawienia ludzkości, udało nam się uniknąć wiecznego potępienia. Powtarzam: poświęcenie Syna Bożego nas uratowało. Poświęcenie jednego człowieka.

Na zakończenie dzisiejszego kazania, chciałbym przypomnieć początek jednej z ksiąg Starego Testamentu – Księgę Hioba. Oto przed obliczem Boga stanął szatan.

Skąd przychodzisz? – spytał go Bóg.

Z badania ziemi i wędrówki po niej – odparł szatan.

A zwróciłeś uwagę na sługę mego, Hioba? Bo nie ma na całej ziemi drugiego, kto by był tak prawy, sprawiedliwy, bogobojny i unikający grzechu jak on.

Szatan na to do Pana:

Więc bez oglądania się na zapłatę Hiob czci Boga? Czyż Ty nie okoliłeś zewsząd jego samego, jego domu i całej majętności? Wyciągnij, proszę, swą rękę i dotknij jego majątku! Czy w twarz ci nie będzie złorzeczył?

Bóg postanowił Hioba doświadczyć. Rok po roku karał tego, który kochał Go najbardziej. Hiob stanął wobec siły, której nie pojmował. Sądził, że to Najwyższa Sprawiedliwość zabiera mu trzodę, zabija jego dzieci, zsyła na niego trąd. I tak się działo aż do dnia, gdy u kresu wytrzymałości Hiob zbuntował się i zaczął bluźnić. Dopiero wtedy Bóg oddał mu to, co zabrał.

Od lat jesteśmy świadkami upadku naszego miasta. Myślę, że nie jest to owoc boskiej kary z tej prostej przyczyny, że zawsze, bez skarg i bez pretensji, godziliśmy się na to, co było nam dane, tak jakbyśmy zasługiwali na utratę pól, które uprawiamy;

pastwisk, na które pędzimy nasze owce; domów, które zbudowali nasi przodkowie. Czyż nie nadszedł czas buntu? Czy Bóg nie wystawia nas na tę samą próbę co Hioba?

Dlaczego Bóg potraktował Hioba tak okrutnie? Aby mu udowodnić, że jego natura jest z gruntu zła, że wszystko dobre, co mu się zdarzyło, było aktem łaski, nie zaś nagrodą za dobre uczynki. Popełniliśmy grzech pychy, uważając się za zanadto dobrych i dlatego spotkała nas kara.

Bóg zgodził się na układ z szatanem i na pozór dopuścił się niesprawiedliwości. Nie zapominajcie – Bóg zgodził się na układ z szatanem. A Hiob zrozumiał tę lekcję, bo podobnie jak my popełnił grzech pychy. *Nikt nie jest dobry,* mówi Pan. Nikt. Przestańmy więc udawać dobrych, czym obrażamy Boga, i przyjmijmy ze skruchą nasze słabości. Jeśli któregoś dnia przyjdzie nam poddać się władzy demona, pamiętajmy, że Pan w niebiosach, aby zbawić duszę Hioba, swego sługi, oddał go szatanowi.

Kazanie dobiegło końca. Ksiądz dalej celebrował mszę. Nie miał wątpliwości, że mieszkańcy zrozumieli przesłanie.

– Idźmy stąd. Każde w swoją stronę, ja ze swoją sztabką złota...

–... z moją sztabką złota – poprawił ją nieznajomy.

– Pan może wyjechać w każdej chwili. Ja natomiast, jeśli nie wezmę tego złota, musiałabym wrócić do Viscos. Ludzie mnie wygnają albo napiętnują. Wszyscy uznają, że kłamałam. Nie może mi pan, po prostu nie może mi tego złota odebrać. Niech pan powie, że zasłużyłam na tę nagrodę.

Nieznajomy podniósł się, zebrał wiązkę gałęzi i zapalił je w ognisku.

– Wilk zawsze ucieka przed ogniem, prawda? Wracam do hotelu. Niech pani robi, co uzna za stosowne, niech pani kradnie i ucieka, to mnie już nie dotyczy. Mam co innego do roboty.

– Chwileczkę! Proszę mnie tutaj samej nie zostawiać!

– No to niech pani idzie ze mną.

Chantal popatrzyła na dopalające się ognisko, na skały w kształcie litery Y, na nieznajomego oddalającego się z płonącymi gałęziami.

– Proszę zaczekać! – krzyknęła za nim, ale nawet się nie obejrzał.

W przypływie paniki odkopała złoto. Ważyła je chwilę w dłoniach, zakopała z powrotem, chwyciła zapaloną gałąź i pobiegła za nieznajomym.

Nienawiść ściskała jej gardło. Tego samego dnia spotkała dwa wilki – jednego, którego można było odstraszyć ogniem, i drugiego, który nie bał się już niczego, bo stracił wszystko, co miało dla niego jakąkolwiek wartość, a teraz szedł na oślep, z zamiarem zniszczenia tego, co napotka na drodze.

Biegła co sił w nogach, ale go nie dogoniła. Pewnie zaszył się gdzieś w lesie. Jego gałęzie już zgasły i pewnie gotów był gołymi rękoma walczyć z wilkiem. Jego pragnienie śmierci było tak samo silne jak chęć zabijania.

Dotarła do Viscos. Udała, że nie słyszy wołania Berty, i stanęła naprzeciw ludzi wychodzących właśnie z kościoła. Zdziwiło ją, że niemal całe miasto było tego dnia na mszy. Nieznajomy pragnął zbrodni, a w rezultacie udało mu się ściągnąć do owczarni proboszcza parafian, którzy zaczną się teraz na gwałt spowiadać i wyrażać skruchę, jakby mogli tym przechytrzyć Boga.

Patrzyli na nią, ale nikt nie odezwał się ani słowem. Wytrzymała ich spojrzenia, bo wiedziała, że nie jest niczemu winna i z niczego nie musi się spowiadać. Była tylko narzędziem w przewrotnej grze, którą po trochu zaczynała rozumieć i która napawała ją coraz większym wstrętem.

Zamknęła się w swoim pokoju i wyjrzała przez okno. Tłum już się rozszedł. Było to dziwne, bo zazwyczaj po wyjściu z kościoła ludzie w małych grupkach dyskutowali na placu, w miejscu gdzie szubienicę zastąpił krzyż.

Dlaczego uliczki były dzisiaj wyludnione, skoro rozpogodziło się i nieśmiałe promyki słońca wyjrzały zza chmur? No właśnie. Mieszkańcy Viscos powinni jak zwykle rozprawiać długo o pogodzie, o temperaturze powietrza, o ciśnieniu, o zagrożeniu ulewami albo suszą. Ale dzisiaj ukryli się w domach i Chantal nie wiedziała, dlaczego.

Im dłużej patrzyła na opustoszałą ulicę, tym bardziej czuła, że jest podobna do wszystkich ludzi stąd. Chociaż jeszcze nie tak dawno temu uważała się za inną, odważną, snującą plany, które nigdy nie przyszłyby do głowy tym prowincjuszom.

Jaki wstyd! A jednocześnie cóż za ulga! Nie znalazła się w Viscos z powodu niesprawiedliwości losu, lecz dlatego, że na to zasługiwała. Teraz pogodziła się z tym, że jest taka sama jak oni. Już trzykrotnie odkopywała sztabkę złota, ale nie mogła się zdobyć, by ją sobie wziąć. Popełniała zbrodnię w myślach, ale nie była w stanie wprowadzić jej w czyn. Pod żadnym pozorem nie powinna jej popełnić, bo to nie była pokusa, lecz pułapka.

Dlaczego pułapka? Coś mówiło jej, że w tej sztabce złota tkwi rozwiązanie problemu stworzonego przez przybysza. Lecz choć długo myślała, nie potrafiła znaleźć odpowiedzi na swoje pytanie.

Dopiero co przybyły demon popatrzył w bok i spostrzegł, że światło panny Prym, które przed chwilą przybierało niebezpiecznie na sile, teraz zaczynało migotać i lada moment zgaśnie. Jaka szkoda, że jego kompan nie mógł być świadkiem tego zwycięstwa! Nie wiedział jednak, że anioły też mają swoją strategię. W tej właśnie chwili światło panny Prym zbladło, aby nie kusić przeciwnika. Anioł chciał, żeby dziewczyna poszła spać, bo we śnie porozmawia ze swą duszą, wolna od niepokojów i win, jakie istoty ludzkie z upodobaniem dźwigają na co dzień. Zasnęła. I usłyszała to, co miała usłyszeć. I zrozumiała to, co powinna była zrozumieć.

– Nie musimy wcale rozmawiać o   mi na
sprzedaż ani o cmentarzach. – Tymi słowami żona
burmistrza otworzyła zebranie w zakrystii. – Po-
mówmy otwarcie o tym, co tak naprawdę zaprząta
nasze myśli.

Pięciu pozostałych notabli skwapliwie przytaknęło.

– Ksiądz mnie przekonał – wyznał właściciel
ziemski. – Bóg usprawiedliwia pewne poczynania.

– Niech pan nie będzie cyniczny – odparł proboszcz. – Gdy wyglądaliśmy przez to okno, wszystko stało się jasne. Powiał gorący wiatr, bo wtedy
właśnie zjawił się demon.

– To oczywiste – zgodził się burmistrz, który tak
naprawdę nie wierzył w demony. – Wszyscy już by-
liśmy zgodni. Lepiej mówić otwarcie i nie tracić
cennego czasu.

– Chcę zabrać głos – odezwała się właścicielka
hotelu. – Zastanawiamy się nad tym, by przystać

na propozycję nieznajomego i w zamian za złoto popełnić zbrodnię.

– Złożyć ofiarę – poprawił ksiądz.

Zamilkli, co oznaczało, że są jednomyślni.

– Tylko tchórze kryją się za zasłoną milczenia – rzekł ksiądz. – Padnijmy na kolana i módlmy się na głos, aby Bóg nas usłyszał i wiedział, że czynimy to dla dobra Viscos.

Uklękli wbrew sobie, zdając sobie sprawę, że na próżno prosić będą Boga o przebaczenie grzechu, który popełnią w pełni świadomi wyrządzanego zła. Ale przypomnieli sobie o dniu przebaczenia wprowadzonym przez Ahaba. Wkrótce ten dzień nastanie, wtedy obwinią Boga za to, że postawił ich wobec pokusy, której tak trudno było się oprzeć.

Proboszcz rozpoczął modlitwę.

– Panie, powiedziałeś, że nikt nie jest dobry. Przyjmij nas zatem z naszymi niedoskonałościami, przebacz nam w swym nieskończonym miłosierdziu i swej nieskończonej miłości. Tak jak wybaczyłeś krzyżowcom, którzy zabijali niewiernych, aby odzyskać Ziemię Świętą, tak jak wybaczyłeś inkwizytorom, którzy pragnęli zachować czystość Twojego Kościoła, tak jak przebaczyłeś tym, którzy Cię lżyli i przybili do krzyża, przebacz i nam tę ofiarę, którą musimy Ci złożyć, by ocalić nasze miasto.

– Przejdźmy teraz do spraw praktycznych – odezwała się żona burmistrza, wstając z klęczek. – Ustalmy, kto zostanie złożony w ofierze. I kto złoży ofiarę.

– Pewna młoda osoba, której wiele pomogliśmy i którą wspieraliśmy przez długie lata, sprowadziła do nas demona – powiedział właściciel ziemski, który jeszcze nie tak dawno temu sypiał z tą dziewczyną i wciąż nękał go niepokój, iż któregoś dnia jego żona się o tym nie dowie. – Zło trzeba zwalczać Złem. Ta osoba powinna zostać ukarana.

Dwa głosy poparły tę propozycję, powołując się na to, że panna Prym jest jedyną osobą w Viscos, której nie można ufać, bo uważa się za inną niż reszta i powtarza w kółko, że pewnego dnia wyjedzie stąd na zawsze.

– Jej matka nie żyje. Jej babka nie żyje. Nikt nie odczuje jej braku – dodał burmistrz na poparcie tej propozycji.

Jednak jego żona była odmiennego zdania:

– Ona wie, gdzie jest złoto – w końcu tylko ona je widziała. A zresztą, jak już mówiliśmy, czy to nie ona sprowadziła Zło, które skierowało myśli całej tutejszej społeczności ku zbrodni? Było nie było, słowo tej młodej dziewczyny nie będzie znaczyło nic wobec naszego zdania, zdania ludzi, którzy nie mają sobie nic do zarzucenia i coś w życiu osiągnęli.

Burmistrz poczuł się nieswojo, jak zawsze gdy jego żona wypowiadała swoją opinię.

– Dlaczego chcesz ocalić tę dziewczynę, skoro jej nie lubisz? – spytał.

– Rozumiem – wtrącił ksiądz. – Wina powinna spaść na głowę tej, która wywołała tę tragedię. Będzie ona niosła to brzemię na własnych brakach przez resztę swoich dni. Może skończy tak jak Judasz, który zdradził Jezusa, a potem popełnił samobójstwo – gest rozpaczliwy i niepotrzebny, którym nie mógł przecież odkupić zbrodni.

Żona burmistrza ze zdziwieniem słuchała, jak proboszcz wyraża jej myśli. Dziewczyna była bardzo ładna, kusiła mężczyzn, nie godziła się na los, jaki wszystkim tu przypadł w udziale, wciąż narzekała na to, że żyje w prowincjonalnym mieście, w którym mieszkali przecież ludzie pracowici i uczciwi, i gdzie wielu chciałoby osiąść (obcych, rzecz jasna, którzy przekonaliby się wkrótce, jak nudno jest żyć w ciągłym spokoju).

– A ja nie widzę żadnej innej możliwości – odezwała się właścicielka hotelu, świadoma, że trudno będzie jej znaleźć kogoś do pracy w barze. Jednak planowała, że otrzymawszy swoją część złota, zamknie hotel i wyjedzie jak najdalej stąd. – Myślałam o jakimś pracowniku sezonowym albo pasterzu, ale wielu z nich ma rodzinę i choć ich dzieci często mieszkają daleko stąd, jednak mogą wszcząć śledztwo, gdyby ojcu coś się stało. Jedynie Chantal Prym może zniknąć bez śladu.

Z powodów religijnych – czyż Jezus nie przeklął tych, którzy oskarżali niewinnych? – ksiądz nie zabrał w tej sprawie głosu. Wiedział natomiast, kto będzie ofiarą. Musiał tylko sprawić, aby pozostali sami na to wpadli, dlatego rzekł:

– Mieszkańcy Viscos pracują przez cały rok od świtu do nocy. Każdy ma jakieś obowiązki, nawet ta nieszczęsna dziewczyna, którą demon posłużył się do swych niecnych celów. Już i tak jest nas niewielu i nie stać nas na utratę jeszcze jednej pary rąk zdolnych do pracy.

– No to nie mamy ofiary. Pozostaje nam mieć nadzieję, że przed wieczorem zjawi się tu inny nieznajomy, a i to byłoby ryzykowne, bo skąd mamy wiedzieć, czy nie ma rodziny, jakichś krewnych, którzy szukaliby go aż na końcu świata. W Viscos każdy pracuje i z trudem zarabia na chleb.

– Macie rację – odparł ksiądz. – Może wszystko, co dzieje się tu od wczoraj, to tylko złudzenie? Każdy z was jest szanowany, lubiany, ma przyjaciół, bliskich, którzy nie pogodzą się z jego stratą. Nikt nie zgodzi się, aby wybrano kogoś z jego najbliższych. Znam tylko trzy osoby, które nie mają żadnej rodziny. To stara Berta, panna Prym i... ja.

– Ksiądz składa siebie samego w ofierze?!

– Dobro Viscos jest najważniejsze.

Pięć osób odetchnęło z ulgą. Sytuacja, podobnie jak niebo, zdawała się rozjaśniać: nie będzie to zbrodnia, lecz akt męczeństwa. Napięcie natychmiast znikło, a właścicielka hotelu miała ochotę ucałować tego świętego człowieka.

– Jest tylko pewien mały kłopot – ciągnął dalej ksiądz. – Musicie przekonać wszystkich, że zabicie wysłannika Boga nie jest grzechem śmiertelnym.

– Ksiądz to najlepiej wytłumaczy swoim wiernym! – zawołał burmistrz, uradowany na myśl o tym, co będzie mógł zrobić dzięki uzyskanym pieniądzom: prace renowacyjne, kampania reklamowa, która przyciągnie turystów i bogatych inwestorów, instalacja nowej centrali telefonicznej, bo stara nie nadawała się już do użytku...

– Nie mogę tego zrobić – odparł proboszcz. – Męczennicy ofiarowywali się, gdy lud chciał ich zabić. Ale nigdy nie prowokowali własnej śmierci, Kościół bowiem zawsze powtarza, że życie jest darem Boga. To wy będziecie musieli znaleźć jakieś wytłumaczenie.

– Nikt nam nie uwierzy. Uznają nas za morderców najpodlejszego gatunku, którzy dla pieniędzy zabili świętego człowieka, tak jak Judasz sprzedał Chrystusa.

Ksiądz wzruszył ramionami. Każdy z zebranych odniósł wrażenie, że słońce znów skryło się za chmurami, i poczuł, że napięcie zaczęło narastać.

– Zatem pozostaje tylko stara Berta – podsumował właściciel ziemski.

Po długiej ciszy głos zabrał ksiądz:

– Ta kobieta z pewnością bardzo cierpi z powodu utraty męża. Od lat siedzi przed domem, czy słońce czy słota. Żyje tylko tęsknotą i chyba biedaczce zaczyna się mieszać w głowie. Często przechodzę obok jej domu i zawsze słyszę, jak mówi sama do siebie.

Zebrani znów poczuli gwałtowny podmuch gorącego powietrza i poczuli się nieswojo, bo wszystkie okna w zakrystii były zamknięte.

– Jej życie jest bardzo smutne – dodała właścicielka hotelu. – Myślę, że dałaby wszystko, aby móc pójść w ślady swego ukochanego męża. Byli małżeństwem przez ponad czterdzieści lat. Wiedzieliście o tym?

Wszyscy wiedzieli, ale nie miało to nic do rzeczy.

– To kobieta w podeszłym już wieku, można powiedzieć u schyłku życia – argumentował właściciel ziemski. – Ona jedna w tym mieście nie ma żadnego pożytecznego zajęcia. Pewnego razu spytałem ją, dlaczego zawsze siedzi przed domem, nawet zimą. Wiecie, co mi odpowiedziała? Że czuwa nad Viscos i w dniu, w którym zobaczy, że zbliża się Zło będzie bić na alarm.

– Jak widać, nie najlepiej wywiązała się ze swego zadania.

– Wręcz przeciwnie – odparł ksiądz. – Jeśli dobrze was rozumiem, ten, kto wpuścił tu Zło, musi je stąd wygnać.

Cisza, która teraz zapadła, nie była tym razem tak ciężka jak poprzednio, bo wszyscy zrozumieli, że ofiara została wybrana.

– Teraz został nam do omówienia tylko jeden drobny szczegół – odezwała się żona burmistrza. – Wiemy już kiedy, w imię dobra mieszkańców, zostanie złożona ofiara. Wiemy również, kto będzie ofiarą. W ten sposób jej dusza wzniesie się do nieba i będzie szczęśliwa, zamiast cierpieć tu, na ziemi. Pozostaje ustalić, jak to zrobimy.

– Niech się pan postara pomówić ze wszystkimi mężczyznami w mieście – rzekł ksiądz do burmistrza. – Trzeba zwołać zebranie na rynku o dziewiątej wieczorem. Wiem, jak to zrobimy. Przyjdźcie do mnie przed dziewiątą. Objaśnię wam mój plan.

Zanim wyszli, poprosił burmistrzową i właścicielkę hotelu, aby odwiedziły Bertę i na czas zebrania dotrzymały jej towarzystwa. Chociaż staruszka nigdy nie wychodziła po zmierzchu, należało zachować wszelkie środki ostrożności.

Chantal o zwykłej porze zjawiła się w pracy. Zdziwiła się, że bar był całkiem pusty.

– Dziś wieczorem jest zebranie na placu – wyjaśniła właścicielka hotelu. – Tylko dla mężczyzn.

Chantal natychmiast pojęła, co się święci.

– Naprawdę widziałaś te sztabki złota? – zapytała jej pracodawczyni.

– Naprawdę. Powinniście zmusić tego człowieka, by je tu przyniósł, bo bardzo możliwe, że kiedy już osiągnie swój cel, to po prostu zniknie bez śladu.

– On nie jest przecież szalony!

– Wygląda na to, że jest.

Zaniepokojona właścicielka hotelu pośpiesznie udała się do pokoju nieznajomego. Wróciła po kilku minutach trochę uspokojona.

– Zgodził się. Powiedział, ze schował złoto w lesie i pójdzie po nie jutro rano.

– Wydaje mi się, że nie muszę dziś pracować.

– Musisz. Taka była nasza umowa.

Właścicielkę hotelu korciło, żeby opowiedzieć Chantal o spotkaniu u księdza i zobaczyć jej reakcję, ale nie wiedziała, jak zagaić rozmowę.

– To wszystko jest dla mnie szokujące – odezwała się w końcu. – Jednocześnie rozumiem, że w tym wypadku ludzie potrzebują trochę czasu, by przemyśleć, jak powinni postąpić.

– Mogą sobie myśleć choćby sto lat, i tak nie zdobędą się na odwagę, by działać.

– Być może – odpowiedziała z wahaniem właścicielka hotelu. – Gdyby się jednak na coś zdecydowali, jak ty byś postąpiła?

Chantal zrozumiała nagle, że nieznajomy był dużo bliższy prawdy niż ona, która od tak dawna mieszkała w Viscos. Zebranie na placu! Szkoda, że nie ma już szubienicy.

– Jak ty byś postąpiła? – nalegała właścicielka hotelu.

– Nie odpowiem na to pytanie, choć wiem dokładnie, co bym zrobiła. Powiem tylko, że Zło nigdy nie prowadzi do Dobra. Sama tego dzisiaj doświadczyłam.

Właścicielka hotelu nie zamierzała narażać na szwank swego autorytetu i uznała, że rozsądniej będzie nie wdawać się z dziewczyną w dyskusje.

– Znajdź sobie jakieś zajęcie. Zawsze jest tu coś do roboty – powiedziała i zostawiła Chantal samą w barze.

Była spokojna. Panna Prym nie zbuntowała się, nawet na wieść o zebraniu na placu, co niechybnie oznaczało, że w Viscos dzieje się coś niezwykłego. Ta dziewczyna także bardzo potrzebowała pienię-

dzy, była młoda, miała całe życie przed sobą
i z pewnością chciała pójść w ślady swych przyjaciół z dzieciństwa, którzy wyjechali, by gdzie indziej spełniać swoje marzenia.

I jeśli nie była gotowa do współpracy, to przynajmniej zdawało się, że nie zamierza nikomu prze-
szkadzać.

Ksiądz zjadł skromną kolację i usiadł samotnie w jednej z kościelnych ławek. Czekał na burmistrza, który miał nadejść lada moment. Omiótł wzrokiem bielone ściany i ołtarz przystrojony jedynie paroma tanimi posągami świętych, którzy w dalekiej przeszłości zamieszkiwali w okolicy. Po raz kolejny pomyślał z żalem o tym, że mieszkańcy Viscos nigdy nie byli szczególnie religijni. Chociaż święty Sawin przyczynił się w znacznej mierze do rozkwitu tego miasta, woleli pamiętać Ahaba, Celtów, setki przesądów i zabobonów, nie rozumiejąc, że do zbawienia wystarczy tylko jeden prosty gest – uznanie Jezusa za jedynego Zbawcę ludzkości.

Kilka godzin temu sam zaofiarował, że będzie męczennikiem i byłby zaryzykował swe życie w tej grze, stałby się ofiarą, gdyby tutejsi ludzie nie byli tak próżni i tak łatwi do manipulowania.

„To nieprawda. Są próżni, ale wcale nie tak łatwo nimi manipulować" – pomyślał. Do tego stopnia, że swoim milczeniem i grą słów zmusili go, by powiedział to, co chcieli usłyszeć: o odkupującym winy poświęceniu, o ocalającej ofierze, o upadku przeobrażającym się w chwałę. Udawał, że to on dał się wmanipulować, podczas gdy naprawdę wierzył w to, co mówił.

Od najmłodszych lat kształcił się na księdza i czuł prawdziwe powołanie do duszpasterstwa. Miał dwadzieścia jeden lat, kiedy otrzymał święcenia. Zadziwiał wszystkich darem słowa i umiejętnością zarządzania swoją parafią. Modlił się żarliwie, odwiedzał chorych i więźniów, dawał jeść głodnym – dokładnie tak jak nakazywało Pismo Święte. Stopniowo wieści o nim zaczęły krążyć po okolicy 152 i dotarły do uszu biskupa, człowieka znanego z mądrości i sprawiedliwości.

Pewnego dnia ów biskup zaprosił go wraz z innymi młodymi duchownymi na kolację. Pod koniec posiłku, mimo sędziwego wieku i trudności w chodzeniu, wstał, by podać gościom wody. Wszyscy odmówili, jedynie on pozwolił, aby biskup napełnił jego szklankę. Pewien ksiądz skomentował to po cichu, ale tak by wszyscy słyszeli:

– Każdy z nas odmówił, bo wie, że nie jest godny pić z rąk tego świątobliwego człowieka. Tylko jeden spośród nas nie pojmuje, jakim poświęceniem dla naszego biskupa jest dźwiganie tak ciężkiego dzbana.

Biskup wrócił na swoje miejsce za stołem i powiedział:

– Uważacie się za świętych, a nie okazaliście pokory płynącej z chęci brania i pozbawiliście mnie radości dawania. Tylko on pozwolił, by przejawiło się Dobro.

Jeszcze tego samego wieczoru powołał go na proboszcza jednej z najważniejszych parafii.

Odtąd nowo mianowany proboszcz zaprzyjaźnił się z biskupem i często się widywali. Ilekroć nachodziło go zwątpienie, uciekał się do mądrości tego, którego nazywał swym duchowym ojcem, i chętnie stosował się do jego rad. Pewnego dnia ogarnął go silny niepokój, czy jego uczynki radują Boga. Udał się do biskupa z pytaniem, co powinien robić.

– Abraham przyjmował obcych i podobało się to Bogu – usłyszał w odpowiedzi. – Eliasz nie lubił obcych i podobało się to Bogu. Dawid dumny był ze swych uczynków i podobało się to Bogu. Poborca podatkowy, stojąc przed ołtarzem, wstydził się swego postępowania i podobało się to Bogu. Jan Chrzciciel udał się na pustynię i podobało się to Bogu. Paweł poszedł do wielkich miast imperium rzymskiego i podobało się to Bogu. Skądże mam wiedzieć, co podoba się Wszechmocnemu? Czyń to, co dyktuje ci serce, a Bogu się to spodoba.

W dzień po tej rozmowie biskup – jego wielki duchowy nauczyciel – zmarł nagle na zawał serca. Proboszcz przyjął tę śmierć jako znak i od tej pory zaczął dokładnie wypełniać zalecenie przyjaciela – czynił to, co dyktowało mu serce. Czasami dawał jałmużnę, czasami posyłał ludzi do pracy. Czasami głosił bardzo surowe kazania, a czasami śpiewał z wiernymi. Jego zachowanie znowu zwróciło uwagę, tym razem nowo mianowanego biskupa, który wezwał go do siebie.

Ku swemu wielkiemu zaskoczeniu proboszcz spotkał się twarzą w twarz z tym, który przed kilkoma laty oburzył się na jego zachowanie.

– Wiem, że kierujesz ważną parafią – przywitał go nowy biskup z odcieniem ironii w głosie. – I że ostatnimi czasy byłeś na dobrej stopie z moim poprzednikiem. Może żywiłeś nadzieję, że zajmiesz kiedyś jego miejsce?

– Nie – odparł proboszcz. – Od dawna poszukuję mądrości.

– A zatem musisz być dzisiaj wielce światłym człowiekiem. Ale dotarły do mnie wielce osobliwe słuchy na twój temat: czasami dajesz jałmużnę, innym znów razem odmawiasz pomocy, której nasz Kościół nie powinien skąpić.

– W moich spodniach są dwie kieszenie – wyjaśnił młody proboszcz. – W każdej trzymam karteczkę, na której zapisałem cytaty z Biblii, ale pieniądze mam tylko w lewej.

– A jakie to cytaty? – zaciekawił się jego przełożony.

– Na kartce w prawej kieszeni napisałem słowa: *Jestem niczym, tylko pyłem i prochem marnym*, w lewej zaś, tam gdzie trzymam pieniądze, zapisałem: *Jestem obrazem Boga na Ziemi*. Gdy widzę biedę i niesprawiedliwość, wkładam rękę do lewej kieszeni i pomagam. Ilekroć widzę lenistwo i gnuśność, wkładam rękę do prawej kieszeni i stwierdzam, że nie mam nic do dania. W ten sposób udaje mi się utrzymać równowagę pomiędzy światem materialnym i światem duchowym.

Nowo mianowany biskup podziękował za piękny obraz miłosierdzia, pozwolił młodemu proboszczczowi wrócić na swoją parafię, ale z góry zapowiedział, że wprowadzi daleko idące zmiany w całej diecezji. Niedługo potem proboszcz został przeniesiony do Viscos.

Zrozumiał natychmiast, co się za tym kryło: ludzka zawiść. Ale ślubował, że będzie służyć Bogu wszędzie tam, gdzie pośle go los, więc udał się do Viscos pełen pokory i zapału – stał przed nowym wyzwaniem.

Mijały lata. W piątym roku zdał sobie sprawę, że choć nie szczędził wysiłków, nie udało mu się przywołać zbłąkanych owieczek do kościoła. Miasteczkiem rządził Ahab, duch z przeszłości, i nic nie mogło przyćmić krążących o nim legend.

Pod koniec dziesiątego roku proboszcz zrozumiał swój błąd – jego poszukiwanie mądrości przerodziło się w arogancję. Tak głęboko wierzył w boską sprawiedliwość, że zaniedbał sztukę dyplomacji. Myślał, że żyje w świecie, gdzie Bóg jest wszędzie, aż odkrył, że żyje pośród ludzi, którzy najczęściej nie dopuszczają Go do siebie.

Po upływie piętnastu lat zrozumiał, że nigdy nie wyjedzie z Viscos. Biskup był teraz kardynałem, którego głos liczył się w Watykanie, i nie mógł sobie pozwolić na to, aby jakiś byle proboszcz w zapadłej dziurze rozsiewał plotki o tym, że został wygnany z powodu zawiści zwierzchnika.

Wtedy proboszcz się poddał. Przez tyle lat znikąd nie doczekał się bodaj słowa zachęty lub choćby wsparcia i zaczęło mu być wszystko jedno. Sądził, że gdyby porzucił kapłaństwo w odpowiednim czasie, mógłby być bardziej użyteczny Bogu. Ale odsuwał swoją decyzję w nieskończoność, wierząc wciąż, że sytuacja ulegnie zmianie. Teraz było już za późno – nic nie łączyło go ze światem ludzi świeckich.

Dwadzieścia lat później obudził się pewnej nocy zrozpaczony – jego życie było całkowicie bezużyteczne. Wiedział dobrze, na co było go stać i jak niewiele zdołał uczynić. Przypomniał sobie o dwóch karteczkach, które nosił w kieszeniach, i odkrył, że zawsze wkłada rękę do prawej. Chciał być mądry, ale nie potrafił być dyplomatą. Chciał być sprawiedliwy, ale nie potrafił okazać mądrości. Chciał być politykiem, ale był na to zbyt bojaźliwy.

„Gdzie jest Twoja hojność, Panie? Czemu uczyniłeś ze mną to samo co z Hiobem? Czy nigdy nie dasz mi jeszcze jednej szansy? Błagam! Ześlij mi jeszcze jedną szansę, Panie!".

Wstał, otworzył Biblię na chybił trafił, jak to zwykle czynił, gdy potrzebował jasnej odpowiedzi.

Trafił na fragment, w którym podczas ostatniej wieczerzy Chrystus prosi zdrajcę, aby wydał Go żołnierzom.

Ksiądz przez wiele godzin rozmyślał nad tym, co przeczytał. Dlaczego Jezus kazał donosicielowi popełnić grzech?

Aby się wypełniły słowa Pisma – powiedzieliby uczeni teolodzy. A jednak ksiądz nie mógł przestać o tym myśleć. Dlaczego Jezus nakłaniał tego człowieka do grzechu i skazywał na wieczne potępienie?

Jezus nigdy by tego nie uczynił. W rzeczywistości zdrajca był tylko ofiarą, podobnie jak i On sam. Zło musiało dać o sobie znać, aby Dobro mogło je ostatecznie zwyciężyć. Jeśli nie byłoby zdrady, nie byłoby i krzyża, nie wypełniłyby się słowa Pisma, a ofiara nie mogłaby posłużyć za przykład.

Następnego dnia nieznajomy przybył do miasta. Nie był pierwszym, który się tu pojawił, i ksiądz nie zwrócił na to najmniejszej uwagi. Nie skojarzył też pojawienia się obcego ze swoją prośbą, którą skierował do Boga, ani z przeczytanym fragmentem Biblii. Gdy usłyszał historię o człowieku, który pozował Leonardowi da Vinci, przypomniał sobie, że niedawno czytał o ostatniej wieczerzy w Nowym Testamencie, ale uznał to za czysty przypadek.

Dopiero gdy panna Prym wyjawiła propozycję przybysza, zrozumiał, że jego modlitwa została wysłuchana. Zło musiało dać o sobie znać, aby w końcu Dobro mogło poruszyć serca tutejszych ludzi. Po raz pierwszy od czasu gdy przejął tę parafię, ujrzał kościół wypełniony po brzegi. Po raz pierwszy tutejsi notable przyszli do zakrystii.

Zło musiało dać o sobie znać, aby pojęli wartość Dobra. Podobnie jak biblijny zdrajca, który zaraz po dokonaniu haniebnego czynu pożałował tego gorzko, tak i jego parafianie okażą w końcu skruchę, a wtedy jedynym dla nich schronieniem stanie się Kościół. Po latach Viscos znów stanie się społecznością ludzi wierzących.

„Stałem się narzędziem Zła i to gest najgłębszej pokory, jaką mogłem ofiarować Bogu" – zakończył swoje rozmyślania proboszcz.

Burmistrz zjawił się punktualnie.

– Co mam mówić? – spytał od drzwi.

– Prowadzenie zebrania proszę zostawić mnie – usłyszał w odpowiedzi.

Burmistrz zawahał się. W końcu to on był największym autorytetem w Viscos, on tu sprawował władzę. Czy powinien zezwolić, by ktoś obcy wziął w ręce sprawę tak wielkiej wagi? Wprawdzie ksiądz mieszkał tu już ponad dwadzieścia lat, ale przecież nie urodził się tutaj, nie znał całej historii, w jego żyłach nie płynęła krew Ahaba.

– Myślę, że w sprawach tej miary ja powinienem rozmawiać z mieszkańcami – odparł.

– Zgoda. Może tak będzie nawet i lepiej, bo gdyby sprawy przybrały zły obrót, nie chciałbym w to mieszać Kościoła. Wyjawię panu moje zamiary, a pan zadba o to, żeby jak najlepiej przedstawić je mieszkańcom.

– Po głębszym zastanowieniu doszedłem do wniosku, że skoro ksiądz ma jakiś plan działania, będzie uczciwiej i rozsądniej, jeśli to ksiądz proboszcz naświetli go zebranym.

„Zawsze ten strach – pomyślał ksiądz. – Aby zapanować nad człowiekiem, trzeba sprawić, by zaczął się bać".

Obydwie kobiety przyszły do domu Berty nieco przed dziewiątą. Zastały ją przy robótce w pokoju gościnnym.

– Dziś wieczór w mieście panuje jakaś dziwna atmosfera – odezwała się staruszka. – Słyszałam kroki wielu ludzi, a przecież zazwyczaj o tej porze na ulicach nie ma żywego ducha.

– To nasi mężczyźni – odpowiedziała właścicielka hotelu. – Idą na plac, by ustalić, co począć z nieznajomym.

– Rozumiem. Nie wiem, czy jest się nad czym zastanawiać: można albo przyjąć jego propozycję albo pozwolić mu odejść za dwa dni.

– Nie braliśmy nawet pod uwagę jego propozycji – oburzyła się żona burmistrza.

– Dlaczego? Słyszałam, że ksiądz wygłosił dziś wspaniałe kazanie. Mówił, że poświęcenie jednego człowieka ocaliło ludzkość, i o tym, jak Bóg przyjął sugestię szatana i ukarał swego najwierniejszego sługę. Cóż byłoby w tym złego, gdyby mieszkańcy Viscos zdecydowali się potraktować propozycję nieznajomego jako, powiedzmy sobie, dobry interes?

– Chyba nie mówisz poważnie, Berto.

– Mówię jak najbardziej poważnie. To wy chcecie mnie okłamać.

Urażone kobiety miały zamiar wstać i wyjść, ale było to zbyt ryzykowne.

– A poza tym czemu zawdzięczam waszą wizytę? Nigdy wcześniej tu nie przychodziłyście.

– Dwa dni temu panna Prym powiedziała nam, że słyszała wycie przeklętego wilka – przypomniała żona burmistrza.

– Wszyscy wiemy, że przeklęty wilk to tylko głupia wymówka kowala – skomentowała właścicielka hotelu. – Z pewnością poszedł do lasu z jakąś dziewczyną z sąsiedniego miasteczka, zachciało mu się ją obłapiać, oberwał i wymyślił sobie całą tę historię. Jednak przez ostrożność postanowiłyśmy wstąpić do ciebie. Mieszkasz całkiem sama, na uboczu. Nie boisz się?

– A czego miałabym się bać? Haftuję obrus, choć nie jestem pewna, czy uda mi się go skończyć. Kto może wiedzieć, czy nie umrę choćby i jutro? To przecież całkiem możliwe.

Obie panie spojrzały na siebie niespokojnie.

– Starzy ludzie umierają nagle – ciągnęła Berta. – Tak to już jest.

Obie panie odetchnęły z widoczną ulgą.

– Jeszcze za wcześnie, byś myślała o śmierci.

– Być może. Każdy dzień ma swoje troski, ale jutro jest nowy dzień. W każdym razie dzisiaj wiele rozmyślałam o śmierci.

– Czy był po temu jakiś szczególny powód?

– W moim wieku to już nawyk. Właścicielka hotelu chciała koniecznie zmienić temat, ale trzeba to było zrobić z taktem. Zebranie na placu z pewnością wkrótce dobiegnie końca.

– Z wiekiem chyba zaczynamy rozumieć, że śmierć jest nieunikniona – rzekła pośpiesznie. – Powinniśmy nauczyć się podchodzić do tego ze spokojem, mądrością i rezygnacją. Często śmierć uwalnia nas od niepotrzebnego cierpienia.

– Masz całkowitą rację – odparła Berta. – To właśnie powtarzałam sobie w kółko całe popołudnie. I wiecie, do jakiego wniosku doszłam? Że bardzo, ale to bardzo boję się śmierci. Ale wydaje mi się, że moja godzina jeszcze nie nadeszła.

Atmosfera stawała się coraz cięższa. Żona burmistrza przypomniała sobie dyskusję w zakrystii na temat terenu cmentarnego. Każdy wypowiadał się na ten temat, ale tak naprawdę wszystkim chodziło o coś innego. Ciekawa była przebiegu obrad na placu. Jaki był plan proboszcza? Jak zareagują ludzie z Viscos? Czy zgodzą się zabić Bertę? I jak? Muszą być sprytni, by ewentualne dochodzenie nie odkryło winnego. Winnych.

Staruszka musiałaby po prostu zniknąć. Nie mogło być mowy o tym, żeby jej ciało pogrzebać na cmentarzu czy porzucić gdzieś w lesie. Gdy tylko nieznajomy będzie miał dowód, że spełnili jego życzenie, powinni ją spalić, a prochy rozrzucić po okolicznych górach.

– O czym myślisz? – spytała Berta, przerywając jej rozmyślania.

– O ogniu – odpowiedziała żona burmistrza. – O wielkim, pięknym ogniu, który ogrzałby nasze ciała i nasze serca.

– Bardzo się cieszę, że nie żyjemy już w średniowieczu! Czy wiecie, że niektórzy uważają mnie za czarownicę?

Nie sposób było kłamać, bo staruszka zaczęłaby coś podejrzewać, dlatego skwapliwie jej przytaknęły.

– Gdybyśmy żyli w średniowieczu, można by mnie było spalić na stosie, tak po prostu, bez żadnego procesu. Wystarczyłoby, że ktoś uznał mnie za winną jakiegoś nieszczęścia.

„Co tu się dzieje? – zastanawiała się właścicielka hotelu. – Czyżby ktoś nas wydał? A może żona burmistrza odwiedziła wcześniej Bertę i wszystko jej opowiedziała? Może ksiądz poczuł wyrzuty sumienia i przyszedł wyspowiadać się przed grzesznicą?".

– Dziękuję za odwiedziny. Jak widzicie, czuję się znakomicie, jestem w doskonałym zdrowiu, gotowa na wszelkie poświęcenia, nawet na dietę, która ma mi ponoć obniżyć poziom cholesterolu. Krótko mówiąc, mam ochotę żyć jeszcze bardzo długo.

Berta wstała, otworzyła drzwi i pożegnała gości. Zebranie na placu wciąż jeszcze trwało.

– Ale ucieszyła mnie wasza wizyta. Teraz już chyba odłożę robótkę i pójdę do łóżka. Ale chcę wam wyznać, że wierzę w tego przeklętego wilka. Bądźcie więc ostrożne. Do zobaczenia!

I zamknęła za nimi drzwi.

– Ona wie! – szepnęła właścicielka hotelu. – Ktoś jej musiał powiedzieć! Zauważyłaś ten ironiczny ton w jej głosie? To jasne. Zdała sobie sprawę, że przyszłyśmy tutaj, by jej pilnować.

– Co ty opowiadasz? – oburzyła się żona burmistrza, bardzo jednak zmieszana. – Skąd mogłaby wiedzieć? Nikt nie byłby na tyle szalony, żeby jej wszystko wygadać. Chyba że...

– Chyba że co?

– Chyba że naprawdę jest czarownicą. Pamiętasz gorący podmuch powietrza wtedy w zakrystii?

– A przecież okna były zamknięte.

Dreszcz niepokoju przeszył serca obu kobiet. Odezwały się przesądy i zabobony sprzed wieków. Jeśli Berta naprawdę jest czarownicą, to jej śmierć, zamiast wybawić miasto, spowoduje jego całkowity upadek.

Tak przynajmniej głosiły legendy.

Berta zgasiła światło i przez szparę w okiennicach przyglądała się kobietom stojącym na ulicy. Nie wiedziała, czy śmiać się czy płakać, czy po prostu pogodzić się z losem. Jedno było pewne – została wyznaczona, miała umrzeć.

Mąż ukazał się jej późnym popołudniem, co dziwne – w towarzystwie babki Chantal. W pierwszej chwili Berta poczuła w sercu ukłucie zazdrości: co on tu robił z tą kobietą? Ale zatrwożył ją niepokój w oczach obojga, a gdy opowiedzieli, co zdarzyło się w zakrystii, i kazali jej natychmiast uciekać, wpadła w rozpacz.

– Chyba żartujecie?! – krzyknęła. – Moje biedne nogi z trudem niosą mnie do kościoła odległego stąd o parę kroków, jak więc miałabym uciec gdzieś daleko? Proszę, załatwcie to jakoś tam na górze i chrońcie mnie! W końcu po coś chyba cały czas się modlę do tych wszystkich świętych?

Wyjaśnili jej, że sytuacja jest o wiele bardziej skomplikowana, niż się jej wydaje. Dobro ze Złem toczy bitwę i nikt nie może się w to mieszać. Aniołowie i demony po raz kolejny wypowiedziały sobie wojnę, teraz ważą się losy świata.

– Nie obchodzi mnie to! Nie umiem się bronić! Ta walka mnie nie dotyczy i nie prosiłam się, żeby brać w niej udział.

Nikt się nie prosił. Wszystko zaczęło się przed dwoma laty. Na skutek niedopatrzenia pewnego anioła stróża została porwana matka z dwiema córkami. Kobieta i starsza dziewczynka nie mogły uniknąć śmierci, ale młodsza, trzyletnia, miała ocaleć i być dla ojca pocieszeniem, pomóc mu odzyskać nadzieję, podźwignąć się po okrutnej próbie, jakiej został poddany. Był uczciwym człowiekiem i choć dotknęło go straszne nieszczęście (nikt nie wie dlaczego – boskie zamiary są niezgłębione), w końcu udałoby mu się z niego otrząsnąć. Dziewczynka rosłaby w cieniu tej tragedii, lecz w wieku dorosłym jej cierpienie mogłoby pomóc innym. Miała dokonać dzieła tak ważnego, że jego skutki odbiłyby się szerokim echem na całym świecie.

Taki był pierwotny plan. Na początku wszystko przebiegało zgodnie z oczekiwaniami: policja przedostała się do kryjówki porywaczy, podczas strzelaniny zginęli ludzie wyznaczeni na śmierć tego dnia. Wtedy anioł stróż dziewczynki – Berta słyszała od kogoś, że dzieci do trzeciego roku życia widzą i rozmawiają ze swym aniołem – dał jej znak, aby się cofnęła. Ale dziewczynka nie zrozumiała jego gestu i podeszła bliżej, by dowiedzieć się, czego od niej chce.

Zrobiła tylko dwa kroki, ale skutki były fatalne – zginęła od kuli, która nie jej była pisana. Odtąd zdarzenia przybrały inny obrót – to, co zaplanowano jako piękne dzieło zbawienia, stało się bezpardonową walką. Demon wkroczył na scenę, upominając się o duszę człowieka, duszę pełną nienawiści, niemocy i żądzy zemsty. Aniołowie nie dali za wygraną – był to człowiek dobry, został wybrany, by pomóc córce zmienić wiele w świecie, choć pieniądze zarabiał w sposób nikczemny.

Argumenty aniołów pozostawały bez echa. Stopniowo demon opanowywał jego duszę, aż zawładnął nim niemal zupełnie.

– Niemal zupełnie... – powtórzyła Berta. – Powiedzieliście: niemal?

Istniał więc jeszcze ledwie dostrzegalny promyk nadziei, jeden z aniołów bowiem nie zaniechał walki. Lecz dopiero minionej nocy udało mu się dojść do głosu, a w tym celu posłużył się panną Prym.

I stąd obecność tutaj babki Chantal. Bo tylko panna Prym mogła uratować tego człowieka. Niemniej walka była zaciekła i raz jeszcze demon zyskał przewagę.

Berta starała się uspokoić oba duchy, bo zdawały się być bardzo zdenerwowane.

– Zaraz, zaraz. Wy i tak już jesteście martwi, to raczej ja powinnam się niepokoić. Czy nie moglibyście pomóc Chantal?

Odparli, że demon Chantal omal nie wygrał bitwy. Kiedy dziewczyna poszła do lasu, babka wysłała jej na spotkanie przeklętego wilka – widocznie istniał naprawdę, kowal nie kłamał. Chantal chciała obudzić dobroć w sercu nieznajomego i udało się to jej. Jednak ich rozmowa utknęła w martwym punkcie, którego nie umieli przekroczyć – oboje byli zbyt dumni, zbyt zapatrzeni w siebie. Pozostała jeszcze tylko jedna nadzieja. Dziewczyna musiała zobaczyć to, co mąż Berty i babka Chantal chcieli, aby zobaczyła. To znaczy: wiedzieli, że już to zobaczyła, ale musiała to jeszcze zrozumieć.

– Ale co ma zrozumieć? – spytała Berta.

Tego jej nie mogli powiedzieć. Kontakt z żywymi miał swoje granice. Demony podsłuchiwały każde słowo i mogły pomieszać im szyki, gdyby znały plan z wyprzedzeniem. Ale – jak zapewnili Bertę – było to bardzo proste i Chantal sobie poradzi, jeśli okaże się roztropna, w co gorąco wierzyła jej babka.

Berta zadowoliła się tą odpowiedzią. Wcale nie miała zamiaru ich naciskać, choć z natury była ciekawska i nie lubiła tajemnic. Jednak pewna drobna sprawa nie dawała jej spokoju, więc zwróciła się do męża:

– Chciałeś, bym siedziała przed domem przez te wszystkie lata i pilnowała Viscos, bo mogło nadejść Zło. Poprosiłeś mnie o to na długo przed tym, nim anioł popełnił błąd i zabito tę dziewczynkę. Dlaczego?

Odpowiedział jej, że tak czy owak Zło musiało przejść przez Viscos, bo ono nigdy nie przestaje krążyć po świecie i lubi płatać niespodzianki.

– Nie jestem przekonana.

Mąż Berty też nie był przekonany, ale taka była prawda. Być może, pojedynek między Dobrem i Złem nie ustaje ani na chwilę w ludzkich sercach: tym polu bitwy wszystkich aniołów i demonów. Będą walczyć przez tysiąclecia o każdy skrawek terytorium, aż w końcu jednej z tych sił uda się drugą unicestwić. I chociaż mąż Berty był już w przestrzeni duchowej, jeszcze nie wiedział wiele, wiedział wręcz dużo mniej niż za życia.

– No dobrze. Jestem trochę bardziej przekonana. Nie martwcie się. Jeśli przyjdzie mi umrzeć, to znaczy, że wybiła moja godzina.

Mąż Berty i babka Chantal odeszli, tłumacząc, że muszą teraz pomóc dziewczynie pojąć sens tego, co widziała. Berta z żalem patrzyła za nimi, trochę zazdrosna o tę staruszkę, która w młodości cieszyła się wielkim powodzeniem tutejszych mężczyzn. Ale wiedziała też, że mąż czuwa nad nią i gorąco pragnie, by dożyła sędziwego wieku.

Obserwując to, co działo się za oknem, pomyślała, że byłoby dobrze pożyć jeszcze trochę w tej dolinie, nacieszyć się górami, poprzyglądać odwiecznym konfliktom mężczyzn i kobiet, drzew i wiatru, aniołów i demonów.

167

Postanowiła się położyć, pewna, że pannie Prym uda się zrozumieć przesłanie, choć nie miała daru porozumiewania się z duchami.

„Jutro kupię jakąś kolorową mulinę, bo mój obrus staje się zbyt smutny" – pomyślała przed zaśnięciem.

– W kościele, na święconej ziemi, wspomniałem wam o konieczności ofiary – zaczął ksiądz. – Tu, na ziemi niepoświęconej, proszę, byście byli gotowi na męczeństwo.

Na małym placu, słabo oświetlonym jedyną latarnią – lampy uliczne, które burmistrz obiecywał podczas kampanii wyborczej nigdy się nie pojawiły – zebrał się tłum ludzi. Wieśniacy i pasterze, trochę już senni, bo zazwyczaj kładli się spać wcześnie, zachowywali milczenie pełne szacunku i bojaźni. Proboszcz przyniósł ze sobą krzesło, na którym stanął, aby wszyscy mogli go widzieć.

– Przez całe wieki zarzucano Kościołowi, że prowadzi niesprawiedliwe bitwy, ale tak naprawdę staraliśmy się jedynie jakoś przetrzymać zagrożenia.

– Księże proboszczu, nie przyszliśmy tutaj rozmawiać o Kościele, ale o Viscos – zawołał ktoś z tłumu.

– Sami rozumiecie, że Viscos może wkrótce

zniknąć z mapy świata, a wraz z Viscos znikniecie i wy, wasze ziemie i wasze stada. Nie przyszedłem tutaj, by mówić o Kościele, ale muszę wam powiedzieć coś bardzo ważnego: jedynie ofiara i pokuta mogą nas zbawić. Zanim mi przerwiecie, dodam, że mówię o ofierze jednej tylko osoby, o pokucie wszystkich i o ocaleniu miasta.

– To pewnie jakieś wierutne kłamstwo! – krzyknął ktoś inny.

– Jutro nieznajomy pokaże nam złoto – odezwał się burmistrz, zadowolony, że może pochwalić się wiadomością, której nie znał nawet ksiądz. – Panna Prym nie chce brać odpowiedzialności tylko na siebie i właścicielka hotelu namówiła przybysza, aby przyniósł tutaj sztabki. Tylko mając taką gwarancję, podejmiemy jakiekolwiek działania.

I burmistrz zaczął wymieniać płynące stąd dobrodziejstwa: plac zabaw dla dzieci, zmniejszenie podatków i podział bogactwa, które przypadnie mieszkańcom.

– Na równe części! – odezwał się ktoś z tłumu.

Teraz był dobry moment, by zaproponować mieszkańcom jakiś kompromis. Senni dotąd zebrani nagle bardzo się ożywili.

– Na równe części – potwierdził ksiądz, nie czekając na reakcję burmistrza. – Zresztą nie macie wyboru: albo wszyscy podzielicie i odpowiedzialność, i nagrodę, albo niebawem ktoś z was doniesie o przestępstwie, czy to z zawiści czy z chęci zemsty.

I zawiść, i pragnienie zemsty – te uczucia proboszcz dobrze poznał na własnej skórze.

– Kto ma umrzeć?

Burmistrz przejął teraz inicjatywę i wyjaśnił,

dlaczego z całą bezstronnością wybór padł na Bertę: staruszka bardzo cierpi z powodu utraty męża, stoi już nad grobem, nie ma przyjaciół, w niczym nie przyczynia się do wzrostu dobrobytu miasta, zachowuje się jak niespełna rozumu, przesiadując od świtu do nocy przed domem. Wszystkie swe pieniądze, które powinna była zainwestować w uprawę ziemi albo w hodowlę, złożyła w jakimś odległym banku, gdzie obrastają w procenty, z czego korzystają jedynie obnośni kupcy.

Żaden głos nie podniósł się przeciwko temu wyborowi – ku zadowoleniu burmistrza. Proboszcz wiedział jednak, że owa jednomyślność mogła być zarówno dobrym, jak i złym znakiem, bo cisza nie zawsze jest równoważna z przyzwoleniem. Z reguły zdradza jedynie niezdolność ludzi do szybkiej reakcji. Nie było wykluczone, że ktoś się nie zgadzał i niebawem gorzko pożałuje tego, że przystał na coś, co było sprzeczne z jego sumieniem – a to mogło się okazać brzemienne w skutki.

– Chcę, byście byli jednomyślni – odezwał się ksiądz. – Chcę, by każdy powiedział głośno i wyraźnie, czy się zgadza na ten wybór czy nie, by Bóg to usłyszał i wiedział, że w Jego armii są dzielni mężowie. Jeśli nie wierzycie w Boga, proszę, byście również głośno wyrazili swoje zdanie. Musimy wiedzieć, co myśli każdy z nas z osobna.

Burmistrzowi nie spodobało się, że proboszcz powiedział „chcę" zamiast „chcemy" albo „burmistrz chce", ale nic nie dał po sobie poznać. Będzie miał jeszcze wiele okazji, by umocnić swój autorytet. Teraz na pierwszy ogień lepiej było wystawić księdza proboszcza.

– Chcę, aby każdy głośno wyraził swoją decyzję. Pierwsze „tak" padło z ust kowala. Burmistrz czym prędzej poszedł za jego przykładem, by nikt nie mógł go posądzić o tchórzostwo. Potem każdy z obecnych kolejno potwierdził swoją zgodę. Jedni chcieli skończyć już to zebranie i jak najszybciej wrócić do domu, inni pocieszali się myślą o złocie, które pozwoli im lada dzień opuścić miasteczko, jeszcze inni pragnęli wysłać pieniądze dzieciom osiadłym w wielkich miastach, aby zrobiły z nich dobry użytek. Tak naprawdę nikt nie wierzył, że złoto pozwoli przywrócić utraconą świetność Viscos, każdy pragnął jedynie bogactwa, które – tak uważał – słusznie mu się należy.

Nikt nie miał odwagi powiedzieć „nie".

– W naszym mieście żyje sto osiem kobiet i stu siedemdziesięciu trzech mężczyzn – podjął na nowo ksiądz. – W każdym domu jest przynajmniej jedna strzelba, ponieważ zgodnie z tradycją wszyscy polujecie. Zatem jutro rano przynieście swoją broń do zakrystii. Ja poproszę burmistrza, który ma kilka strzelb, aby jedną dał mnie.

– Nigdy nie oddamy naszej broni w obce ręce! – zawołał jeden z myśliwych. – Broń jest święta i kapryśna. Nikt nigdy nie powinien jej używać prócz właściciela.

– Pozwólcie mi dokończyć. Wyjaśnię wam teraz, na czym polega pluton egzekucyjny. Najpierw trzeba wybrać siedmiu żołnierzy, którzy mają strzelać do skazańca. W jednej z siedmiu strzelb tkwi ślepy nabój. Żaden z żołnierzy nie wie, w której, ale każdy może wierzyć, że to nie on jest odpowiedzialny za śmierć człowieka, do którego kazano mu strzelać.

– I wszyscy uważają się za niewinnych – odezwał się właściciel ziemski, który dotąd nie zabrał jeszcze głosu.

– No właśnie. Jutro osobiście przygotuję strzelby: co druga będzie naładowana prawdziwym nabojem. Po oddaniu strzału każdy z was będzie więc mógł wierzyć w swoją niewinność.

Wszyscy obecni, choć całkiem już wyczerpani, przyjęli pomysł księdza z westchnieniem ulgi. Tak jakby cała ta historia utraciła swój tragiczny aspekt i sprowadzała się do poszukiwania ukrytego skarbu. Każdy zrzucił z siebie brzemię odpowiedzialności, choć równocześnie czuł solidarność z sąsiadami, którzy podobnie jak on pragnęli odmienić na lepsze swój los. Wszystkich rozpierał lokalny patriotyzm. Viscos jest wprawdzie zapadłą dziurą, jednak dzieją się tu sprawy ważne i nieoczekiwane.

– Jeśli o mnie chodzi – podjął proboszcz – to nie mam prawa zdać się na przypadek. W mojej strzelbie będzie prawdziwy nabój. Nie wezmę również mojej części złota, ale czynię to z innych pobudek.

Te słowa po raz kolejny nie przypadły burmistrzowi do gustu. Robił wszystko, aby mieszkańcy Viscos zrozumieli, że jest człowiekiem odważnym, szlachetnym, ich przywódcą gotowym na każde poświęcenie. Gdyby była tu jego żona, napewno pomyślałaby, że przygotowuje teren dla swej kandydatury w przyszłych wyborach.

„Nieźle sobie ten proboszcz poczyna – pomyślał w duchu. – Będę musiał go skłonić do opuszczenia tej parafii".

– A ofiara? – spytał kowal.

– Zjawi się na czas – powiedział ksiądz. – Zajmę się tym osobiście. Potrzeba mi tylko trzech ochotników.

Ponieważ nikt się nie zgłosił, ksiądz wybrał z tłumu trzech rosłych mężczyzn. Jeden z nich zamierzał się sprzeciwić, ale sąsiedzi wzrokiem zamknęli mu usta.

– Gdzie złożymy ofiarę? – spytał księdza właściciel ziemski.

Oburzony burmistrz, którego autorytet został narażony na szwank, nie ukrywał wściekłości.

– Ja o tym decyduję. Nie chcę, by nasza ziemia została splamiona krwią. Bądźcie wszyscy jutro o tej samej porze obok celtyckiego monolitu. Przynieście lampy, latarki kieszonkowe, pochodnie, aby każdy dobrze widział ofiarę i mógł celnie mierzyć.

Ksiądz zszedł z krzesła – zebranie dobiegło końca. Mieszkańcy wrócili do domów i położyli się spać. Burmistrzowi żona opowiedziała o przebiegu spotkania z Bertą. Dodała, że po rozmowie z właścicielką hotelu doszły do wniosku, że staruszka o niczym nie wie, jedynie poczucie winy sprawiło, że początkowo myślały inaczej.

– Moja droga, nie ma ani żadnych duchów ani przeklętego wilka – skwitował krótko burmistrz.

Ksiądz spędził noc w kościele na modlitwie.

Chantal zjadła na śniadanie kromkę czerstwego chleba, bo w niedzielę piekarz nie przyjeżdżał do Viscos. Wyjrzała przez okno i zobaczyła na ulicy mężczyzn z bronią w ręku. Przygotowała się na śmierć, bo skąd mogła wiedzieć, czy przypadkiem nie zostanie wybrana. Lecz nikt nie zapukał do jej drzwi. Mężczyźni ze strzelbami na ramieniu szli w stronę kościoła, wchodzili do zakrystii i po krótkim czasie wychodzili stamtąd z pustymi rękoma.

Ciekawa najnowszych plotek poszła do hotelu, gdzie właścicielka opowiedziała jej o przebiegu wieczornego zebrania, o wyborze ofiary i o propozycji księdza. Jej wrogość wobec Chantal gdzieś się ulotniła.

– Muszę ci powiedzieć jedno. Pewnego dnia mieszkańcy Viscos zdadzą sobie sprawę, ile ci zawdzięczają.

– Ale czy rzeczywiście nieznajomy pokaże nam

swoje złoto? – niepokoiła się Chantal mimo woli.

– Co do tego nie mam cienia wątpliwości. Właśnie wyszedł z pustym plecakiem.

Chantal postanowiła nie iść na spacer do lasu, bo musiałaby przejść obok domu Berty i spojrzeć jej w oczy. Wróciła do siebie i przypomniała sobie dziwny sen z ubiegłej nocy. W tym śnie anioł wręczył jej jedenaście sztabek złota. Prosił, by je sobie wzięła. Chantal tłumaczyła, że nie może ich przyjąć, bo ktoś za to złoto musi zginąć, lecz anioł zapewniał, że wcale nie, przeciwnie, sztabki są dowodem na to, że złoto jako takie nie istnieje.

Dlatego właśnie poprosiła właścicielkę hotelu, by porozmawiała z nieznajomym. Miała własny plan, ale ponieważ przegrała już wszystkie swoje życiowe bitwy, wątpiła, czy tym razem jej się powiedzie.

Berta podziwiała zachód słońca, gdy ujrzała księdza w towarzystwie trzech mężczyzn zbliżających się do jej domu. Ogarnął ją głęboki smutek. Po pierwsze, wybiła jej godzina; po drugie, jej mąż nie zjawił się, by ją pocieszyć (może z obawy przed tym, co mógłby usłyszeć, a może ze wstydu, bo nie mógł jej ocalić); a po trzecie, zdała sobie sprawę, że jej oszczędności pozostaną w rękach bankierów, i gorzko żałowała, że ich dotąd nie roztrwoniła.

Ale miała też powody do radości. Niebawem spotka się z mężem; w dodatku ostatni dzień jej życia był co prawda nieco chłodny, lecz słoneczny, a nie każdy ma ten przywilej, by odejść z tak pięknym wspomnieniem.

Proboszcz dał znak towarzyszom, by trzymali się z boku, a sam zbliżył się do Berty.

– Dobry wieczór – powitała go. – Niech ksiądz

zobaczy jak wielki jest Bóg i jak piękny stworzył dla nas świat.

„Zabiją mnie, ale przynajmniej wszyscy będą się czuli winni mojej śmierci" – pomyślała.

– Nie wyobrażasz sobie, córko, jak piękny jest raj – odparł ksiądz, starając się zachować zimną krew.

– Nie wiem, czy jest piękny, nie mam nawet pewności, że istnieje. Czy ksiądz już tam był?

– Jeszcze nie. Ale znam piekło i wiem, że jest potworne, choć z daleka wydaje się urocze.

Zrozumiała, że jest to aluzja do Viscos.

– Mylisz się, księże proboszczu. Byłeś w raju i go nie rozpoznałeś. Zresztą zdarza się to większości ludzi na tym świecie. Szukają cierpienia tam, gdzie znaleźliby największą radość, bo wydaje im się, że nie zasługują na szczęście.

– Wygląda na to, że ostatnie lata dały ci głęboką mądrość.

– Już od dawna nikt mnie nie odwiedzał, ale ostatnio, o dziwo, wszyscy przypomnieli sobie o moim istnieniu. Proszę sobie wyobrazić, że wczoraj wieczorem zaszczyciły mnie wizytą właścicielka hotelu i żona burmistrza. Dziś to samo czyni proboszcz. Czyżbym przypadkiem stała się ważną osobistością?

– Bardzo ważną. Najważniejszą w Viscos.

– Czy odziedziczyłam jakiś spadek?

– Dziesięć sztabek złota. Mężczyźni, kobiety i dzieci będą ci dziękować przez wiele pokoleń. Niewykluczone, że postawią pomnik na twoją cześć.

– Wolałabym raczej fontannę, bo nie tylko zdobi, ale też gasi pragnienie strudzonych wędrowców i każdy może się cieszyć jej widokiem.

– Zbudujemy fontannę. Masz moje słowo.

Berta uznała, że już dość tych żartów i czas przejść do sedna sprawy.

– Wiem o wszystkim. Skazujecie na śmierć niewinną kobietę, która nie potrafi się obronić. Niech będzie przeklęty ksiądz, ta ziemia i jej mieszkańcy.

– Niech będą przeklęci – zgodził się proboszcz.

– Ponad dwadzieścia lat błogosławiłem tę ziemię, ale nikt mnie nie słuchał. Przez cały ten czas starałem się natchnąć dobrem serca ludzi, aż zrozumiałem, że Bóg wybrał mnie, abym stał się Jego lewą ręką i ukazał im zło, do jakiego są zdolni. Może w ten sposób wystraszą się i nawrócą.

Bercie chciało się płakać, lecz powstrzymała łzy.

– To piękne słowa, ale niestety puste. Banalne wytłumaczenie dla okrucieństwa i niesprawiedliwości.

– W przeciwieństwie do innych, nie czynię tego dla pieniędzy. Wiem, że to złoto jest przeklęte, tak samo jak ta ziemia, i nikomu nie przyniesie szczęścia. Czynię tak, bo o to poprosił mnie Bóg. Albo raczej dał mi rozkaz w odpowiedzi na moje modlitwy.

„Nie ma o czym dyskutować" – pomyślała Berta.

Proboszcz sięgnął do kieszeni po lekarstwa.

– Nic nie poczujesz, córko – powiedział. – Wejdźmy do środka.

– Ani ksiądz, ani nikt stąd nie przestąpi progu mojego domu. Może już dzisiejszej nocy drzwi będą otwarte, ale póki jestem żywa, nie ma mowy.

Ksiądz skinął na jednego ze swoich pomocników, który podszedł z butelką wody w ręku.

– Proszę zażyć te tabletki. Szybko zaśniesz, a gdy się obudzisz, będziesz już w niebie u boku męża.

– Zawsze byłam z moim mężem. I nigdy nie brałam żadnych proszków na sen.

– Tym lepiej. Efekt będzie niemal natychmiastowy. Słońce już zaszło. Noc otuliła dolinę i całe miasteczko.

– A co się stanie, jeśli ich nie wezmę?

– Weźmiesz je tak czy inaczej, córko.

Spojrzała na towarzyszy proboszcza i zrozumiała, że jej opór na niewiele się zda. Zażyła tabletki nasenne i popiła wielkimi łykami wody z butelki. Woda nie miała ni smaku ni koloru, a jednak była najważniejsza na świecie. Podobnie jak teraz ona.

Spojrzała jeszcze raz na góry, o tej porze pogrążone w mroku. Zobaczyła pierwszą migoczącą gwiazdę na niebie i pomyślała, że miała piękne życie. Urodziła się i umrze w miejscu, które kochała, choć nie odwzajemniało jej miłości w równej mierze – ale jakie to miało znaczenie? Kto w kochaniu spodziewa się wzajemności, traci tylko czas.

Dostała błogosławieństwo. Nigdy nie poznała innych krajów, ale wiedziała, że w Viscos życie toczy się tak, jak wszędzie indziej. Wprawdzie straciła ukochanego męża, lecz dzięki Bożej łasce mogła nadal z nim przebywać. Była świadkiem świetności Viscos i śledziła kolejne etapy jego upadku. Odejdzie, zanim nastąpi całkowity rozpad miasta. Poznała ludzi z ich wadami i zaletami, ale – choć tak wielkie zło chcieli jej wyrządzić i choć toczyły się tak zacięte walki – wierzyła, że dobroć ludzka w końcu zwycięży.

Żal jej było księdza, burmistrza, panny Prym, nieznajomego i każdego mieszkańca Viscos z osobna. Ze zła nigdy nie płynie dobro, choć wszyscy, jakby na przekór, chcieli w to wierzyć. Kiedy w końcu odkryją prawdę, będzie już za późno.

Żałowała jednego – nigdy nie widziała morza. Wiedziała, że jest ogromne, gwałtowne i spokojne zarazem, ale nigdy nie spacerowała po plaży, nie czuła piasku pod bosymi stopami, nie miała możliwości skosztować choć raz jego słonej wody, zanurzyć się w morskich falach, jak ktoś, kto powraca do łona Wielkiej Matki (przypomniała sobie, że tego określenia używali Celtowie).

Poza tym nie miała się na co skarżyć. Oczywiście, było jej smutno, nawet bardzo smutno, że musi odejść w tak głupi, niedorzeczny sposób, ale nie chciała czuć się jak ofiara. Z całą pewnością Bóg wybrał ją do tej roli, o wiele lepszej od tej, która przypadła w udziale księdzu.

– Chciałbym pomówić o tym, co to jest Dobro i Zło – usłyszała jego głos, czując jednocześnie drętwienie dłoni i stóp.

– Nie trzeba. Ksiądz nie wie, co to Dobro. Zatruło księdza wyrządzone mu Zło i teraz ksiądz sieje tę zarazę na naszej ziemi. Ksiądz nie różni się niczym od nieznajomego, który przybył, by nas zniszczyć.

Ostatnie jej słowa zamieniły się w niezrozumiały bełkot. Gwiazda na niebie zdawała się do niej mrugać. Berta zamknęła oczy.

Nieznajomy wszedł do łazienki, obmył dokładnie każdą sztabkę złota i schował w starym, wytartym plecaku. Przed dwoma dniami wycofał się za kulisy, a teraz przygotowywał się do powrotu na scenę. Czas na ostatni akt.

Rzeczywiście doskonale przygotował i wykonał swój plan, począwszy od znalezienia odosobnionej mieściny z niewielką liczbą mieszkańców, a kończąc na wyborze wspólniczki, tak aby – jeśli sprawy przybiorą zły obrót – nikt nie mógł go posądzić o podżeganie do zbrodni. Zaprzyjaźnił się z mieszkańcami, potem zasiał wśród nich niepokój i przerażenie. Jak postąpił z nim Bóg, tak i on postąpił z innymi. Bóg obdarzył go hojnie, by w jednej chwili zepchnąć w otchłań, a on przyjął Jego zasady gry.

Zadbał o najdrobniejsze szczegóły, z wyjątkiem jednego: nigdy nie wierzył, że jego plan się powiedzie. Miał pewność, że gdy wybije decydująca godzina, jedno proste „nie" odmieni bieg historii, jeden człowiek sprzeciwi się zbrodni i ten jeden człowiek wystarczy, aby udowodnić, że nie wszystko stracone. Gdyby jedna osoba ocaliła Viscos, ocalałby cały świat. Zostałby jeszcze jakiś cień nadziei, Dobro okazałoby się silniejsze. Gdyby terroryści nie zdawali sobie sprawy, jakie zło wyrządzili, mógłby im przebaczyć, jego cierpienie zastąpiłaby melancholia i nauczyłby się z nią żyć, szukając szczęścia na nowo. Za to „nie", które chciał usłyszeć, miasto dostałoby dziesięć sztabek złota, niezależnie od umowy z dziewczyną.

Ale jego plan się zawalił. Teraz było już za późno, nie mógł się cofnąć.

Rozległo się pukanie do drzwi.

– Czy już pan gotów? – usłyszał głos właścicielki hotelu. – Trzeba iść.

– Zaraz schodzę. Spotkajmy się w barze.

Włożył kurtkę i wyszedł z pokoju.

– Mam złoto – powiedział. – Lecz chciałbym uniknąć nieporozumień. Z pewnością zdaje sobie pani sprawę, że parę osób wie, w którym hotelu się zatrzymałem. Jeśli postanowicie zmienić ofiarę, może być pani pewna, że policja będzie mnie szukać tutaj.

Właścicielka hotelu tylko kiwnęła głową.

Celtycki monolit znajdował się o pół godziny drogi od Viscos. Przez wiele wieków ludzie sądzili, że to po prostu trochę inna skała, wielka, wygładzona przez deszcz, powalona przez piorun. Ahab zwykł przy niej zwoływać radę miasta, bo głaz służył za naturalny stół na wolnym powietrzu.

Gdy rząd wysłał grupę naukowców w celu zbadania śladów bytności Celtów w dolinie, ktoś zwrócił uwagę na monolit. Wkrótce potem przyjechali archeolodzy. Mierzyli, obliczali, dyskutowali, kopali i doszli do wniosku, że dla celtyckiej społeczności było to miejsce święte, ale nie mogli jednoznacznie stwierdzić, jakim praktykom obrzędowym służyło. Jedni mówili, że był to rodzaj obserwatorium astronomicznego, inni – że odbywały się tam ceremonie poświęcone bogini płodności. Po tygodniu zaciekłych sporów badacze rozjechali się, by zająć się ciekawszymi odkryciami, nie znajdując żadnego zadowalającego wyjaśnienia tej zagadki. Tuż po wyborach burmistrz próbował przyciągnąć tu turystów, publikując w regionalnej gazecie reportaż o spuściźnie celtyckiej cywilizacji na tych ziemiach. Ale trop się gubił, a z rzadka docierający tu miłośnicy sensacji odnajdywali jedynie jakiś przewrócony głaz w zaroślach, podczas gdy w sąsiednich wioskach pełno było dobrze zachowanych rzeźb, inskrypcji i innych o wiele ciekawszych znalezisk. Pomysł burmistrza nie wypalił i niebawem celtycki monolit powrócił do swojej starej funkcji: stołu na niedzielne pikniki.

Tego popołudnia w wielu domach w Viscos rozgorzały spory, czasem bardzo zaciekłe – wszystkie na ten sam temat. Mężowie chcieli iść sami, ale żony domagały się uczestnictwa w „obrzędzie ofiarnym", bo tak zaczęto nazywać zbrodnię, którą mieli popełnić. Mężczyźni twierdzili, że to niebezpieczne, kobiety mówiły, że to czysty męski egoizm, że trzeba szanować ich prawa, bo przecież świat się zmienił. W końcu mężowie musieli ustąpić.

Zebrała się więc dwustuosiemdziesięciojedno--osobowa procesja – licząc nieznajomego, ale nie licząc Berty spoczywającej na zaimprowizowanych noszach. Łańcuch dwustu osiemdziesięciu jeden punktów świetlnych, kieszonkowych latarek, lamp i płonących pochodni kierował się w stronę lasu. Każdy mężczyzna trzymał w ręku strzelbę.

Dwóch drwali z wielkim trudem dźwigało nosze. „Jak to dobrze, że nie będziemy musieli nieść jej z powrotem – pomyślał jeden z nich. – Jej ciało naszpikowane ołowianymi kulami będzie ważyć tonę!".

Obliczył, że ponieważ każdy nabój zawiera sześć ołowianych kulek, jeśli nikt nie chybi celu, pięćset dwadzieścia dwa kawałki ołowiu utkną w ciele biednej Berty i więcej w nim będzie metalu niż krwi. Na samą myśl o tym zrobiło mu się słabo. Nie, powinien myśleć tylko o czekającej go nagrodzie.

Nie rozmawiano. Nie patrzono sobie w oczy, jakby był to koszmar, o którym trzeba jak najszybciej zapomnieć. Ludzie dotarli na miejsce bez tchu, bardziej z powodu napięcia niż zmęczenia, i stanęli wokół celtyckiego monolitu na polanie w świetlistym półkolu.

Na znak burmistrza drwale odwiązali Bertę z noszy i ułożyli na głazie.

– Nie tak! – wykrzyknął kowal, przypominając sobie wojenne filmy. – Trudno celować do leżącego człowieka.

Drwale chwycili ciało Berty i usadzili wsparte plecami o skałę. Wydawało się, że ta pozycja jest idealna, ale nagle dał się słyszeć szloch jakiejś kobiety:

– Ona na nas patrzy. Widzi, co robimy.

Oczywiście Berta nie widziała nic, ale trudno było się nie wzruszyć na widok tej dobrotliwej, lekko uśmiechającej się staruszki, ze świadomością, że wkrótce jej ciało przeszyją setki kul.

– Odwróćcie ją plecami – rozkazał burmistrz, który również czuł się nieswojo wobec bezbronnej ofiary.

Mrucząc coś pod nosem, drwale posłusznie odwrócili ciało, tym razem Berta klęczała, opierając się twarzą o kamień. Jako że nie dało się go utrzymać w tej pozycji, trzeba było przywiązać sznur do przegubów i opleść nim głaz dokoła.

Biedna kobieta tkwiła teraz w groteskowej pozycji – odwrócona plecami, z rozpostartymi ramionami oplatającymi głaz, tak jakby modliła się i o coś błagała niebiosa. Ktoś chciał jeszcze protestować, ale burmistrz przerwał mu w pół słowa i powiedział, że czas już dopełnić obrzędu.

Im szybciej, tym lepiej. Bez przemów i usprawiedliwień, na to będzie czas jutro: w barze, na ulicy, na polach i pastwiskach. Każdy wiedział, że długo nie będzie miał odwagi przejść obok domu, przed którym Berta siadywała i obserwowała horyzont, mówiąc sama do siebie. Na szczęście w mieście były dwie inne drogi, jeśli nie liczyć tej na skróty z prowizorycznymi schodkami prowadzącymi do głównej szosy.

– Skończmy już z tym! – krzyknął burmistrz, walcząc o odzyskanie autorytetu. Był zadowolony, że ksiądz się nie odzywa. – Jeszcze ktoś w dolinie zobaczy światła i wpadnie mu do głowy, żeby sprawdzić, co się dzieje. Przygotujmy broń, strzelajmy i chodźmy stąd.

Bez zbędnych ceregieli. Trzeba było spełnić obowiązek, tak jak czynią to dzielni żołnierze, broniący swego miasta. Bez wahań i wątpliwości. Był to rozkaz, któremu wszyscy musieli się podporządkować.

Lecz nagle burmistrz pojął, dlaczego ksiądz milczy, i nabrał pewności, że wpadł w pułapkę. Jeśli ta historia kiedykolwiek wyjdzie na jaw, wszyscy będą mogli powiedzieć to, co zawsze mówili zbrodniarze wojenni: że wypełniali rozkazy. Co działo się teraz w sercach tych ludzi? Czy w ich mniemaniu był kanalią czy wybawcą?

Nie mógł okazać słabości w chwili, gdy usłyszy trzask repetowanej broni, a lufy skierują się na ofiarę. Wyobraził sobie huk stu siedemdziesięciu czterech wystrzałów, a zaraz po nich pośpieszną ucieczkę, ze zgaszonymi światłami, bo taki wydał rozkaz. Znali drogę na pamięć i lepiej było nie ryzykować, nie zwracać na siebie uwagi obcych.

Kobiety cofnęły się instynktownie, a mężczyźni wzięli na cel nieruchome ciało. Nie mogli chybić. Od dziecka strzelali do zwierzyny w biegu i ptaków w locie.

Burmistrz szykował się do wydania komendy „Ognia!".

– Zaczekajcie chwilę! – dał się słyszeć kobiecy głos.

Była to panna Prym

– A złoto? Czy widzieliście złoto?!

Mężczyźni opuścili strzelby, trzymali jednak palce na spustach. Rzeczywiście, nikt nie widział złota. Wszystkie spojrzenia zwróciły się w stronę nieznajomego.

A on powolnym krokiem przeszedł linię strzału. Położył plecak na ziemi i zaczął z niego wyjmować sztabki złota jedna po drugiej.

– Proszę bardzo, możecie oglądać – odezwał się, wracając na swoje miejsce.

Panna Prym zbliżyła się do sterty złotych sztabek, wzięła jedną do ręki i pokazała zebranym.

– Moim zdaniem jest to rzeczywiście złoto, które ten człowiek wam obiecał – stwierdziła. – Ale chcę, żebyście przekonali się o tym na własne oczy. Proszę, aby podeszło tu dziesięć kobiet i niech sprawdzą te sztabki.

Burmistrz chciał temu zapobiec – stanęłyby na linii strzału. Ale dziesięć kobiet, z jego żoną włącznie, już podeszło do panny Prym i uważnie przyglądały się małym sztabkom szlachetnego kruszcu.

– Tak, to rzeczywiście złoto – odezwała się żona burmistrza. – Na każdej sztabce jest próba, numer, który zapewne oznacza serię, datę wytopu i ciężar. Nie ma tu żadnego oszustwa.

– Posłuchajcie, co mam do powiedzenia! – zawołała panna Prym.

– Nie czas teraz na dyskusje! – zaprotestował burmistrz. – Wracajcie na swoje miejsce. Musimy spełnić nasz obowiązek.

– Zamknij się, głupcze!

Słowa Chantal wprawiły wszystkich w osłupienie. Nikomu nawet nie przeszłoby przez myśl, żeby w ten sposób odezwać się do burmistrza.

– Czyś ty oszalała?

– Zamknij się! – krzyknęła, trzęsąc się na całym ciele. Jej oczy pociemniały z gniewu. – To wyście poszaleli! Wpadliście w pułapkę, która prowadzi nas wszystkich do zguby i potępienia! To wy jesteście szaleni!

Burmistrz postąpił krok w jej stronę, ale powstrzymało go dwóch mężczyzn.

– Posłuchajmy, co dziewczyna ma do powiedzenia! – krzyknął ktoś z tłumu. – Dziesięć minut nas nie zbawi.

W duszę każdego z nich wkradał się powoli niepokój, strach, wstyd i poczucie winy. Szukano wymówki, aby się wycofać. Każdy był teraz przekonany, że właśnie w lufie jego strzelby tkwi śmiertelny nabój, i z góry obawiał się, że duch tej staruszki – którą uważali za czarownicę – będzie ich nawiedzał nocami.

A jeśli ktoś ich wyda? A jeśli ksiądz nie dotrzymał obietnicy i wszystkie strzelby są nabite prawdziwymi nabojami? A jeśli cała społeczność Viscos zasiądzie na ławie oskarżonych?

– Daję ci pięć minut – uciął burmistrz autorytatywnym tonem, chociaż teraz to Chantal była górą.

– Będę mówić tak długo, jak mi się spodoba – odparła buńczucznie.

Odzyskiwała panowanie nad sobą, gotowa była nie ustąpić ani na krok, a w jej głosie była śmiałość, jakiej nikt się po niej nie spodziewał.

– Ale nie obawiajcie się, nie potrwa to długo. Kiedy patrzę na to, co się tutaj dzieje, trudno się nie dziwić, tym bardziej, że w czasach Ahaba Viscos często odwiedzali ludzie, którzy przechwalali się, że potrafią przemienić ołów w złoto. Nazywali siebie alchemikami i jeden z nich udowodnił, że mówi prawdę, gdy Ahab zagroził mu śmiercią.

Dziś wy postanowiliście uczynić to samo: zmieszać ołów z krwią, w przekonaniu, że wtedy dostaniecie to złoto. Macie zupełną rację. Ale możecie być pewni, że gdy to złoto trafi do waszych rąk, szybko się ulotni.

Nieznajomy nie rozumiał, o co chodzi Chantal, ale ciekaw był dalszego ciągu. Poczuł nagle, że w ciemnym zakamarku jego duszy zapomniane dawno światło zaczynało nieśmiało jarzyć się na nowo.

– Wszyscy znamy legendę o królu Midasie, człowieku, który był bardzo bogaty, ale chciał jeszcze powiększyć swój majątek i poprosił boga o dar przemiany w złoto wszystkiego, czego dotknie. Jego życzenie zostało spełnione.

Pamiętacie, jak to się skończyło? Najpierw Midas zamienił w złoto swoje meble, potem pałac i całe otoczenie. Spędził pracowity ranek i stał się posiadaczem ogrodu ze złota, drzew ze złota i schodów ze złota. Koło południa poczuł głód, ale gdy dotknął smakowitej pieczeni baraniej, przygotowanej przez kucharzy, i ona przemieniła się w złoto. Gdy podniósł do ust kielich z winem, i wino stało się złotem. Zrozpaczony pobiegł szukać pomocy u żony, bo zrozumiał już jaki straszny błąd popełnił. Ledwie jednak musnął jej ramię, a przeobraziła się w złoty posąg.

Służący uciekli w popłochu, z obawy, że podzielą jej los. Nie minął tydzień, a nieszczęsny Midas zmarł z głodu i pragnienia, zewsząd otoczony złotem.

– Dlaczego opowiadasz nam tę historię? – spytała żona burmistrza. – Czy uważasz, że jakiś bóg zawitał do Viscos i dał nam taką moc?

– Przypomniałam legendę o królu Midasie, by wam uświadomić, że złoto samo w sobie niewiele jest warte. Nie można go zjeść ani wypić, nie można kupić za nie trzody czy ziemi. Trzeba za to płacić pieniędzmi, które są w obiegu. Powiedzcie mi, jak macie zamiar zamienić to złoto na gotówkę?

Możemy poprosić kowala, by stopił te sztabki i podzielił na dwieście osiemdziesiąt równych kawałków, i każdy z nas pójdzie wymienić je w pobliskim banku. Z pewnością wzbudzi to podejrzenia, bo w naszej dolinie nie ma złóż złota. Jak więc wyjaśnić, że każdy mieszkaniec Viscos posiada małą sztabkę? Możemy powiedzieć, że odkryliśmy dawny skarb Celtów, ale nawet pobieżna ekspertyza wykaże, że złoto pochodzi z nowych złóż, że zostało przetopione niedawno, a wcześniejsze badania w tutejszym regionie dowiodły, że jeśli Celtowie mieliby tak wiele złota, z pewnością wznieśliby tutaj wielkie, wspaniałe miasto.

– Nie masz pojęcia, o czym mówisz! – odezwał się właściciel ziemski. – Zaniesiemy do banku te sztabki, wymienimy je na gotówkę i rozdzielimy między siebie.

– To druga możliwość. Burmistrz weźmie dziesięć sztabek złota i uda się z nimi do banku. Kasjer nie będzie zadawać pytań, jakie zadałby, gdyby każdy z osobna zjawił się u niego ze swoją małą sztabką. Ponieważ burmistrz jest przedstawicielem władzy, urzędnik poprosi go tylko o zaświadczenie o zakupie złota. Burmistrz takiego zaświadczenia nie ma, ale pokaże, że sztabki są odpowiednio nacechowane.

W tym czasie człowiek, który dał nam to złoto, będzie już daleko stąd. Kasjer będzie grał na zwłokę, bo chociaż zna burmistrza i ma do niego zaufanie, nie może sam podjąć decyzji o wypłacie tak wysokiej kwoty. Dyrektor banku będzie chciał ustalić pochodzenie tego złota. Burmistrz jest inteligentny i ma na wszystko odpowiedź, więc w końcu powie prawdę: to prezent od nieznajomego. Dyrektor może nawet da wiarę temu wyjaśnieniu, ale sam w takiej sprawie nie może decydować i żeby nie narażać się na zbędne ryzyko, skontaktuje się z centralą swojego banku. Tam już nikt nie zna burmistrza, a każda wypłata większej gotówki rodzi podejrzenia. Poproszą o dwa dni zwłoki. Nie będą mogli nic zrobić, dopóki nie poznają źródła pochodzenia tych sztabek. Wyobraźcie sobie, co się stanie, kiedy odkryją, że to złoto zostało skradzione. Albo przeszło przez ręce handlarzy narkotyków.

Zamilkła na chwilę. Strach, który odczuwała, kiedy po raz pierwszy chciała przywłaszczyć sobie sztabkę, podzielali teraz wszyscy. Historia jednego człowieka jest historią całej ludzkości.

– To złoto ma numer serii, datę, można prześledzić jego drogę z rąk do rąk. Wiele może grozić właścicielowi takiego skarbu.

Wszyscy spojrzeli na nieznajomego, który przez cały czas stał obojętnie.

– Nie warto pytać go o wyjaśnienia – powiedziała Chantal. – Nie można polegać na jego słowach, bo człowiek, który domaga się popełnienia zbrodni, nie zasługuje na zaufanie.

– Możemy go tu zatrzymać, dopóki nie spieniężymy złota – zaproponował kowal.

Nieznajomy spojrzał znacząco na właścicielkę hotelu.

– On jest nietykalny – powiedziała. – Z pewnością ma bardzo wpływowych przyjaciół. W mojej obecności dzwonił w różne miejsca, rezerwował bilety lotnicze, hotele. Jego znajomi zaczną się niepokoić i, podejrzewając najgorsze, zażądają szczegółowego śledztwa. W Viscos zaroi się od policji.

Chantal położyła na ziemi swoją sztabkę i zeszła z linii strzału. Pozostały kobiety uczyniły to samo.

– Możecie zastrzelić tę Bogu ducha winną staruszkę – dodała Chantal. – Ale ponieważ wiem, że to zasadzka, którą zastawił na was nieznajomy, nie zamierzam uczestniczyć w tej zbrodni.

– Ty nic nie rozumiesz! – oburzył się właściciel ziemski.

– Jestem pewna, że mam rację i już wkrótce burmistrz znajdzie się za kratkami, a was wszystkich oskarżą o kradzież. Ja będę poza wszelkimi podejrzeniami. Ale obiecuję, że was nie wydam po żadnym pozorem. Zeznam, że nie wiem, co się wydarzyło. A zresztą znamy przecież dobrze naszego burmistrza, w przeciwieństwie do nieznajomego, który jutro zamierza opuścić Viscos. Prawdopodobnie burmistrz weźmie całą winę na siebie. Prawdopodobnie powie, że obrabował jakiegoś człowieka, który znalazł się tu przypadkiem. Obwołamy go jednomyślnie bohaterem, zbrodnia nigdy nie zostanie odkryta i tak czy inaczej będziemy żyć nadal – ale bez złota.

– Tak właśnie postąpię! – zapewniał burmistrz, przeświadczony o tym, że nikt nie weźmie sobie do serca wywodów tej szalonej dziewczyny.

Ktoś odłożył strzelbę.

– Możecie na mnie liczyć! Wezmę na siebie to ryzyko! – krzyczał burmistrz.

W odpowiedzi usłyszał tylko szczęk łamanej broni – znak, że ludzie postanowili jednak nie strzelać. Od kiedy to można wierzyć obietnicom polityków? Zostały tylko dwie strzelby gotowe do wystrzału. Burmistrza, wymierzona w pannę Prym, i księdza, wycelowana w Bertę. Drwal, który już wcześniej litował się nad staruszką, podszedł do obu mężczyzn i wyrwał im broń z rąk.

Panna Prym miała rację – wierzyć innym to ryzykowna sprawa. Wyglądało na to, że wszyscy zdali sobie z tego sprawę, gdyż zaczęli się rozchodzić, najpierw najstarsi, a na końcu najmłodsi. W ciszy ruszyli do miasteczka. Każdy starał się wrócić do swoich codziennych trosk: do pogody, do owiec, które trzeba strzyc, do pola, które trzeba zaorać, a lada dzień zacznie się sezon łowiecki. W Viscos, miasteczku zagubionym w czasie, każdy dzień podobny był do drugiego.

Mieszkańcy Viscos przekonywali samych siebie, że ostatnie dni były tylko snem.

Albo koszmarem...

Na leśnej polanie pozostało troje ludzi – Chantal, nieznajomy oraz Berta, ciągle uśpiona i przywiązana do głazu.

– Weź to złoto dla twojego miasteczka – odezwał się nieznajomy. – Muszę ustąpić wobec oczywistej prawdy: nie należy już do mnie, choć nie uzyskałem odpowiedzi, na którą czekałem.

– Dla mojego miasteczka? O nie, złoto jest moje. Ta sztabka zakopana koło skał w kształcie litery Y też. Pójdzie pan ze mną do banku, żeby zamienić złoto na gotówkę. Nie wierzę już w pańskie piękne słowa.

– Dobrze pani wie, że tego nie zrobię. A co do pogardy, którą mi pani okazuje, to w istocie jest to pogarda, jaką darzy pani siebie. Powinna być mi pani wdzięczna, bo ofiarowałem pani dużo więcej niż tylko możliwość stania się bogatą. Zmusiłem panią do działania. Dzięki mnie przestała się pani użalać nad sobą i biernie czekać, co przyniesie los.

– To wielce szlachetne z pana strony – odparła ironicznie Chantal. – Od pierwszej chwili mogłam coś panu powiedzieć o ludzkiej naturze. Chociaż Viscos podupadło, ma za sobą przeszłość pełną chwały i mądrości. Mogłam dać panu odpowiedź, której pan szukał, gdybym wtedy ją pamiętała.

Odwiązała Bertę. Zauważyła ranę na czole staruszki. Pewnie skaleczyła się o skałę, na szczęście nie było to nic poważnego. Teraz trzeba było tylko czekać do świtu, aż Berta się przebudzi.

– Czy mogę panią prosić o tę odpowiedź? – zapytał nieznajomy.

– Ktoś już pewnie opowiedział panu o spotkaniu świętego Sawina z Ahabem.

198 – Oczywiście. Święty przybył do Ahaba, który po tym spotkaniu nawrócił się, stwierdził bowiem, że święty przewyższał go odwagą.

– Tak właśnie było. Nie wolno jednak zapominać, że podczas całej ich rozmowy Ahab ostrzył sztylet. Pewien, że świat jest odbiciem jego samego, postanowił wystawić swego gościa na dodatkową próbę i spytał:

„Gdyby tu dzisiaj zjawiła się najpiękniejsza na świecie kurtyzana, udałoby ci się pomyśleć, że nie jest piękna ani powabna, że jej nie pragniesz?".

„Nie. Ale zwalczyłbym pokusę" – odparł święty.

„A gdybym ofiarował ci stos złotych monet w zamian za opuszczenie twojej pustelni, czy zdołałbyś patrzeć na to złoto, jakby to były kamienie?".

„Nie. Ale zwalczyłbym pokusę".

„A gdyby przyszło do ciebie dwóch braci, z których jeden by cię nienawidził, a drugi by cię wielbił, czy zdołałbyś traktować ich na równi?".

„Nawet gdyby przyszło mi cierpieć z tego powodu, zwalczyłbym pokusę osądzania ich i traktowałbym obydwu w ten sam sposób".

Chantal zamilkła na chwilę.

– Mówią, że ta wymiana zdań skłoniła Ahaba do przyjęcia wiary.

Nie musiała tłumaczyć nieznajomemu sensu tej historii. I Sawinem, i Ahabem rządziły te same instynkty – Dobro i Zło walczyły w nich, tak jak walczą w duszy każdego człowieka. Ahab zrozumiał, że Sawin jest taki jak on, a wtedy pojął, że on jest taki sam jak Sawin.

Wszystko jest tylko kwestią zwalczenia pokusy. I wyboru.

Niczym więcej.

Chantal po raz ostatni spojrzała na dolinę, na góry, na las. Znała je od dzieciństwa. Poczuła w ustach smak źródlanej wody, warzyw prosto z pola, wina z najlepszych winogron w okolicy, wina którego sekretu mieszkańcy zazdrośnie strzegli – nie było przeznaczone ani dla turystów, ani na eksport.

Wróciła do Viscos tylko po to, aby się pożegnać z Bertą. Ubrała się jak zwykle, by nikt nie domyślił się, że podczas krótkiej podróży do dużego miasta przeobraziła się w bogatą kobietę. Nieznajomy zajął się wszystkim. Podpisał papiery dotyczące przekazania drogocennego kruszcu, zadbał, aby pieniądze z jego sprzedaży zostały zdeponowane na nowo otwartym koncie panny Prym. Urzędnik banku, dyskretny i uczynny, jak tego wymagał regulamin, nie mógł się oprzeć pokusie i rzucał jej ukradkiem dwuznaczne spojrzenia. „To na pewno kochanka tego starszego pana. Musi być dobra w łóżku, skoro wyciągnęła od niego taką masę pieniędzy" – myślał sobie w duchu.

Minęła kilku mieszkańców na ulicy. Nikt nie wiedział, że zamierza wyjechać stąd na zawsze, więc pozdrawiano ją jak gdyby nigdy nic, tak jakby w Viscos nigdy nie zjawił się demon. Witała się ze wszystkimi jak co dzień.

Nie zdawała sobie jeszcze sprawy, jak bardzo zmieniło ją to wszystko, co odkryła w sobie samej. Ale miała czas, by się tego dowiedzieć.

Berta siedziała przed domem. Nie musiała już wypatrywać nadejścia Zła i nie wiedziała, czym się teraz zająć.

– Mają wybudować na moją cześć fontannę – powiedziała. – To cena za moje milczenie. Jestem zadowolona, choć wiem, że ta fontanna nie postoi długo i nie ugasi pragnienia wielu ludziom, bo tak czy inaczej Viscos jest skazane na zagładę. I nie dlatego, że zjawił się tu demon, ale dlatego, że w takich czasach żyjemy.

Chantal spytała, jak będzie wyglądać ta fontanna. Berta chciała, żeby była w kształcie słońca, z ropuchą plującą wodą pośrodku. Ona miała być słońcem, a ksiądz ropuchą.

– Będę sycić jego pragnienie światła, a tak długo jak będzie istnieć fontanna i ja będę istnieć w pamięci mieszkańców Viscos.

Burmistrz skarżył się na wysokie koszty, ale Berta nie zamierzała ustąpić. Budowa miała ruszyć już w następnym tygodniu.

– A ty, dziecko, postąpisz w końcu zgodnie z moją radą. Jedno ci mówię z całą pewnością: życie może być krótkie albo długie, lecz ważne jest, w jaki sposób je przeżywamy.

Chantal uśmiechnęła się, ucałowała staruszkę z czułością i na zawsze odwróciła się plecami do Viscos. Nie zamierzała tracić czasu, choć miała nadzieję, że żyć będzie bardzo długo.

22 stycznia 2000 roku, godzina 23.58

Alchemik • Paulo Coelho
listopad 1995

Na brzegu rzeki Piedry usiadłam i płakałam • Paulo Coelho
listopad 1997

Piąta góra • Paulo Coelho
grudzień 1998

Goran Bregović, szczęściarz z Sarajewa • Grzegorz Brzozowicz
wrzesień 1999

Dong co ma świecący nos • Edward Lear
grudzień 1999

Weronika postanawia umrzeć • Paulo Coelho
maj 2000

Podręcznik wojownika światła • Paulo Coelho
listopad 2000

Alchemia *Alchemika* • Wojciech Eichelberger, Wojciech Szczawiński
październik 2001

Szaleniec • Gibran Khalil Gibran
czerwiec 2002

Mądrość głupców • Idries Shah
sierpień 2002

Demon i panna Prym • Paulo Coelho
październik 2002

W PRZYGOTOWANIU:

Mężczyzna też człowiek • Wojciech Eichelberger, Renata Dziurdzikowska
grudzień 2002

Zwierzenia pielgrzyma. Rozmowy z Paulo Coelho • Juan Arias
kwiecień 2003

DRZEWO BABEL • WARSZAWA, MARZEC 2003 • WYDANIE CZWARTE • NAKŁAD 30 000 EGZ • PRINTED IN POLAND POLAND

DRZEWO BABEL

Druk i oprawa: Zakład Poligraficzny „DRUK-SERWIS"
Ciechanów, tel. (023) 673 26 93   fax (023) 673 26 94